つねにすでに

Always – Already

そして、すべてはお話になった。

目次

Season 1
“AlepH”

Archive／ゆっくり怪談

【音声】
イヤホンをつけて、
お聞きください。

この話の舞台は、とある動画サイトです。

その当時、インターネット上の掲示板で執筆された様々な怪談を合成音声で朗読させる、いわゆる「朗読動画」が流行っていました。ネット上の怪談の中でも特にクオリティが高いもの、俗に「殿堂入り」と言われるそれらを朗読する動画は特に人気で、ある怪談の名前で検索すると、それを合成音声で朗読させる動画が数百件とヒットする場合もありました。

このように、匿名掲示板にあった怪談が時代を経るごとに有名になり、いわゆる「まとめ民」や「動画勢」を引き付けていった時代。これも、そのころの話だと思ってください。

私もそういった動画をよく閲覧しており、大体の有名どころはすでに聞き終わっていました。そのため、一人暮らしである程度自由な時間を取れるようになったころには――検索結果の下層にある動画を漁り、滅多にセレクトされないマイナーなネット怪談の朗読を好んで視聴するようになっていました。再生数数百回から数千回程度の、出典元すら判然としないような朗読動画です。

その段階になると、朗読動画にもいくつかの型——格式ばった言い方をすれば「作家性」を、見出すことが出来るようになります。

どの効果音配布サイトを使っているか。
どの音声ソフトでどんな声を出力しているか。
どの掲示板からどんな怪談を引用しているか。

それらは往々にして動画制作者の好みや技量に委ねられており、「この人が出す朗読動画だから見る」という価値基準も存在していました。

不穏なピアノによるタイトルコールとともに十五分ほど怪談を朗読し、根強い人気とトップクラスの再生数を誇った投稿者。独自のオリジナルキャラクターをストーリーテラーとして、小粒でもやもやとする掌篇怪談をもっちりと朗読した投稿者。自分が撮影したという不気味な廃墟の画像とともに、当時にしては珍しく肉声で怪体験を語っていた投稿者。淑女のように穏やかで丁寧な語りによって、非常にクオリティの高いオリジナルの噂話を朗読した投稿者。

そうして投稿された様々な朗読動画は、音声ソフトの関係上声色を大きく変えるのが難しいこともあり、映像や読み上げ音声以外の効果音を付加する方向で、演出方法の独自進化を齎しました。

或るとき私が、様々な動画リンクやリストを経由して閲覧したその動画も、そうした独自性を持ったものだと思っていたのです。

それは「ゆくりときいてください」という導入から始まり、短い怪談を朗読するという内容の、よくある動画でした。さすがに全文は覚えていませんが、それほど長くない内容だったので、全体の構成と一部の言葉に関しては今でも覚えています。

それは私も慣れ親しんでいた合成音声を用い、怖い体験をですます調の話し言葉で伝えるものでした。内容はよくある実話系の体験談で、深夜ラジオを聞いているときに全く知らない音声が入り込んだ、という内容です。怪談の進行に合わせ、当時よく使われていた効果音素材サイトのＳＥが挿入され、ある種の臨場感をもって朗読は進んでいきました。

お風呂上がりの主人公が、部屋のドアを開ける音。

椅子に座ってイヤホンをした主人公が、ラジカセのスイッチを入れる音。

当時の素材サイトによって品質はばらばらだったため、くぐもっていたり音が詰まった感じがしたり、所々でＳＥの音質には違いがありましたが、それは今に始まったことではありません。

語られる怪談によれば、主人公は一人暮らしであり、深夜にイヤホンをして音声を聞いていました。そんなとき、聞いていたラジオ番組とは明らかに違う効果音が、所々で重なるように入ってきたのだそうです。何も番組の内容とは関係のない、ぼわぼわと囁くような音が重なり、それを意に介さないかのように番組は進行する。

最初はラジオの混線だろうと聞き流していた主人公が、その違和感に気付き始めたあたりで。私が見ている朗読動画それ自体に、奇妙な音が重なっていることに気付きました。

それまではフリー音源サイトの質の問題で、あまり音質の良くない効果音が混ざっているんだと、私は思っていたのですが。それでは説明が出来ないほど異様で、そして入れる意味もないほど小さな声が、動画の所々で重なっているのです。

「――よ」

くぐもって聞こえる、あまり音質の良くない音。

それが何を言っているのかはその時点で判断できませんでしたが、その音に傾聴したことで、あることに気付きました。

「――すよ」

明らかにそれは、イヤホン越しに聞こえてきていたのです。

音質が悪いからではなく、イヤホンの向こう側から聞こえていたため、動画の音に重なって、かすかに私の耳に届いていたのでした。

「――いますよ」

最初に言った通り、私は一人暮らしです。ひとりで音声を聞いている私のイヤホンの向こうで、誰かの声が聞こえ続けていました。

それに気付いた私が、動画の途中で耳からイヤホンを剥ぎ取ろうとしたその時。先ほどまで怪談朗読動画を流していた音声が突然に変わって。

「いいんですか」

動画内の合成音声がそんなことを言ったあとで。イヤホンの外で聞こえる音声と一言一句同じ言葉を、重ねるように発しました。つまりイヤホンの内と外から、同じ言葉が聞こえたのです。

「外したら聞こえちゃいますよ」

唖然とした私が再生画面を見ると。朗読動画の再生はとっくに終了していました。あの声が聞こえる前にはすでに、動画の再生自体が終了していたのです。


その日以降、私にはたまに変な音が聞こえることがあります。

ひとりでパソコンを動かしているときや、夜に駅を歩いているときなど。イヤホンで音楽を聴いているときなどには気付かないのですが、ふとイヤホンを外したときに一瞬だけ、不意に、思いがけず、突然に、何かを囁くような、言葉になっていない音のような、かすかな声が聞こえることがあります。

それ以降、私が思うことがあります。あのときに聞いた「外したら聞こえちゃいますよ」という表現は、あのときイヤホンを外したら聞こえていたかもしれない、別の声を抑制していたのではないかと。


ちなみに現時点で、あの日に聞いた元の動画を見つけることはできていません。色々な言葉で検索をかけたり、それらしいジャンルの動画を出来る限り調べてはいるのですが。

ひとつの怪談の朗読だけでも数百の動画がヒットするほどに流行していたのに、題名すらわからず、再生数も少ない動画を探すのは非常に困難です。そもそも削除されず存在しているかどうかも危ういです。

また、あまり調べない方がいいのかもしれない、という思いもあるのです。

検索の過程で、どうしても動画の冒頭のあの発言が気になり、「ゆくりときいてください」という言葉について考えていたことがありました。音声読み上げソフトの都合上、そういう発音になってしまうものなのかもしれない、とも思ったのですが。

「ゆっくりと」ではなく「ゆくりと」という言葉であった場合、それは「のんびりと」といった意味ではないらしいのです。

「ゆくり」という言葉は、不意に、思いがけず、突然に、という意味で使われるそうで。

もし、仮に、そちらの意味で発された言葉だったとして。あの日に私はいったい何を見聞きしてしまったのか。

もし、仮に、あの効果音や音声が、何者かの「作家性」によるものだったとして、その人は何を思ってあの動画を作成し投稿したのか。
知りたい気持ちと知りたくない気持ちが、私の中でまざりあっています。

Blog／謎の手稿

きっかけは、ちょっと調べたいことがあって、とあるネット怪談を検索したことでした。その時に比較的上の方にヒットして、閲覧したブログの内容は——正直、当時の自分が望んでいたものではありませんでした。

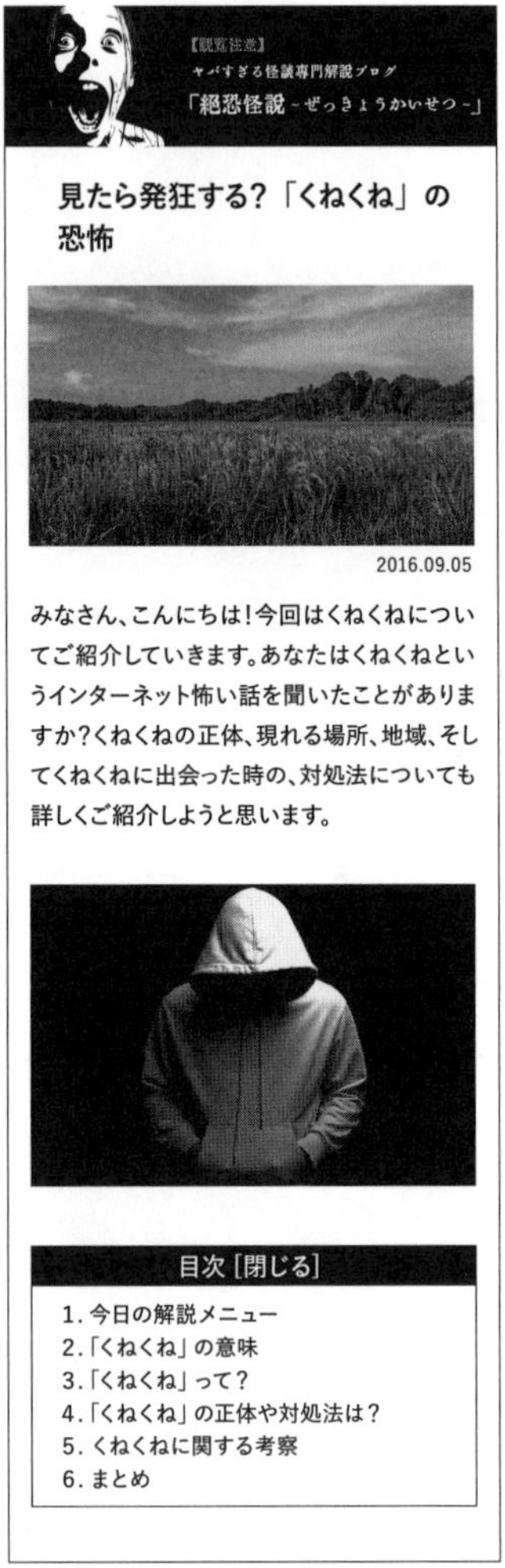

【閲覧注意】
ヤバすぎる怪談専門解説ブログ
「絶恐怪説 -ぜっきょうかいせつ-」

見たら発狂する?「くねくね」の恐怖

2016.09.05

みなさん、こんにちは!今回はくねくねについてご紹介していきます。あなたはくねくねというインターネット怖い話を聞いたことがありますか?くねくねの正体、現れる場所、地域、そしてくねくねに出会った時の、対処法についても詳しくご紹介しようと思います。

目次［閉じる］

1. 今日の解説メニュー
2. 「くねくね」の意味
3. 「くねくね」って?
4. 「くねくね」の正体や対処法は?
5. くねくねに関する考察
6. まとめ

くねくねというのはその名の通り、白い体をくねくねと動かすという妖怪だそうです。主に田舎の田んぼなどに現れて、見た人を不気味に思わさせるとされています。このくねくねの恐ろしいところは、例えば双眼鏡などを使ってそれが何であるかをはっきり見た人を狂わせるというところで、仮にそれと出会っても絶対に何であるかと分かってはいけないといわれています。

その名の通り、白くてくねくねしているということしかわからないので、身長や服装などもよくわかっていません。くねくねを理解してしまうと数日で狂ってしまうそうです。

くねくねの正体や対処法は？

では、そんなくねくねはどんな存在で、出会ってしまったらどうすればいいのでしょうか。正体についてはいろいろな考察がされているようで、一説には2009年頃まで、2ちゃんねるの「民族・神話学板」における「くねくね」についての専門スレッドでは、「くねくね」の解釈に関する各種の考察が展開されていた[5]。そこでは、タンモノ様や蛇神といった農村部の土着信仰や古来伝わる妖怪と関連付ける説や、ドッペルゲンガーの一種とする説、熱中症による幻覚説など、通俗的民俗学のイメージに沿うような様々な説が挙げられていました。[1]

今日の解説メニュー

くねくねの怖い話についてご紹介します。くねくねとはどんな存在なのか、くねくねの怖い話についてやあらすじについてを、ご紹介します。

くねくねの意味

まず、「くねくね」という言葉の意味を分からない人のために、この言葉の意味を紹介しましょう。コトバンクで検索してみると、

> “
> *[副]（スル）*
> *1 幾度も曲がって続くさま。「くねくね（と）した細い道」*
> *2 からだを柔らかく曲げるさま。また、しなを作るさま。*
> *※供華（1971）—<生島和男>「かの女はくねくね曲つた右腕で手招きして」*

という結果が出てききます。つまり、なにかが曲がって、それが動いているという意味の言葉です。では、これがなぜ怖い怪談として紹介されるのでしょうか。

くねくねって？

そもそも、くねくねとは、2ちゃんねるのオカルト版で話題になった怪談で、今も伝説の怖い話として語り継がれています。初出は、2003年ごろと言われています。

その対処法は、どんなことをすればいいのでしょうか。くねくねは、見ると狂ってしまうので、たとえ目にしても絶対に見ないということが大切です。またくねくねは田舎などに現れるという説もあるので、あまり田舎に行く用事を作らないというのもいいかもしれません。

くねくねに関する考察

ここまで解説を交えつつ、くねくねの正体について考察してきましたが、結局くねくねという存在は何なのでしょうか。その答えは、一言で言うと「わからない」「正体不明」ということになります。

例えば、白いという点や、田舎によく出るという点から、白いワンピースを着た妖怪である八尺様に関する何かなのではないかという説も考えられます。しかし、八尺様とは異なる特徴を持っているため、八尺様との関係はないのかもしれません。このように、くねくねは今でも根強い人気を誇っていますが、いまだにその正体は正体不明です。どのようにして生まれた怪異なのか、皆さんで考えてみるのもいいでしょう。当ブログでも引き続き、正体を追っていこうと思っております！

まとめ

どうでしたでしょうか。今回はネット怪談の「くねくね」に注目して、その正体や対処法、考察について紹介していきました。皆さんも何か情報が有ったら、募集しておりますのでぜひお寄せしてください！

ヤバすぎる怪談専門解説ブログ「絶恐怪説～ぜっきょうかいせつ～」では、読者さんからの調査依頼も受け付けております。専用のメールフォームやコメント欄から、どしどし応募してくださいね！

怪談解説

いわゆるキュレーションサイトの類のもので、又聞きのさらに又聞きみたいな情報を切り貼りしているだけのものでした。途中で明らかにウィキペディアの記事をコピペしていたり、所々にスクロールを稼ぐためだけのフリー画像が貼られていたり。

だから、できる限りこのサイトには訪れないようにしよう、と思っていたのですが——そういうサイトほどやたらと上の方に表示されているもので、他の調べ物をしているときにも度々そのサイトを閲覧してしまうことがありました。

そんな中で、少し気になることに気付いたのです。

【閲覧注意】
ヤバすぎる怪談専門解説ブログ
「絶恐怪説 -ぜっきょうかいせつ-」

その駅に行ったら終わり?「きさらぎ駅」という異界

2016.09.08

みなさん、こんにちは!今回はきさらぎ駅についてご紹介していきます。あなたはきさらぎ駅というインターネット怖い話を聞いたことがありますか?きさらぎ駅の正体、現れる場所、地域、そしてきさらぎ駅に出会った時の、対処法についても詳しくご紹介しようと思います。

目次 [閉じる]

1. 今日の解説メニュー
2. 「きさらぎ駅」の意味
3. 「きさらぎ駅」って?
4. きさらぎ駅に行ったらどうすればいいの?
5. きさらぎ駅に関する考察
6. まとめ

今日の解説メニュー

きさらぎ駅の怖い話についてご紹介します。きさらぎ駅とはどんな存在なのか、きさらぎ駅の怖い話についてやあらすじについてを、ご紹介します。

「きさらぎ駅」の意味

まず「きさらぎ駅」とは、どのような意味で用いられる言葉なのでしょうか。いまこの言葉で検索してみると、すでに広まっている怖い話の「きさらぎ駅」のみがヒットしており、それ以外の使い方は見つかりません。そのため、「きさらぎ駅」とは、この怪談のために作られた造語であると思われます。

「きさらぎ駅」って？

きさらぎ駅は、2004年に2chで投稿された書き込みをきっかけにして大きな話題になりました。その話がどういう話かというと、のちに「はすみ」という名前を名乗る人が、寝ているうちにどこかわからない駅に着いたという話です。急に知らない駅についてしまうのですから、とても怖いですね。

きさらぎ駅に行ったらどうすればいいの？

では、もしそんなきさらぎ駅へ行ってしまうようなことがあったら、どうすればいいのでしょうか。ここではきさらぎ駅の対処法について考察します。きさらぎ駅の正体については様々な考察がされており、静岡県の浜松駅がモデルとして語られることが多いそうです。また、きさらぎ駅へ行ってしまった人によると、眠っている間に電車が変わっていた、という話もあります。そのため、そういった方面の電車に乗る際には十分に気を付け、寝てしまわないようにする、というのが大事であると考察できます。

きさらぎ駅に関する考察

ここまで解説を交えつつ、きさらぎ駅の対処法について考察してきましたが、結局きさらぎ駅とは何なのでしょうか。その答えは、一言で言うと「わからない」「正体不明」ということになります。

例えば考えられる説としては、この説話において投稿者（はすみ）は「遠くの方で太鼓を鳴らすような音とそれに混じって鈴のような音」が聞こえる[15]との発言を残している。古来の伝承に於いて、子供などが神隠しに遭ってしまった場合には村人が鉦や太鼓を鳴らして捜索した

と云われており[16]、ここには一種の「神隠しの説話的なモチーフの緩やかな連関が見受けられる。敢えてこの説話の世界観に則って説明を試みるならば、この時点で「はすみ」は「異界に隠された存在」ではなく、「異界のものに捜索される存在」へと変貌してしまった。とも考えられます。

このように、きさらぎ駅は今でも根強い人気を誇っていますが、いうまだにその詳細は詳細不明です。どのようにして生まれた怪異なのか、皆さんで考えてみるのもいいでしょうか。当ブログでも引き続き、正体を追っていこうと思っております！

まとめ

どうでしたでしょうか。今回はネット怪談の「きさらぎ駅」に注目して、その正体や対処法、考察について紹介していきました。皆さんも何か情報が有ったら、募集しておりますのでぜひお寄せしてください！
ヤバすぎる怪談専門解説ブログ「絶恐怪説～ぜっきょうかいせつ～」では、読者さんからの調査依頼も受け付けております。専用のメールフォームやコメント欄から、どしどし応募してくださいね！

怪談解説

それは、当該ブログの中で度々コピペされているであろう文献についての疑問でした。例えば、文中で常体を用い、かつ［1］といった附番の表現が見られるものは、恐らくウィキペディアからのコピペであることが想像できます。現に「くねくね」の項における一部の文章は、同名のウィキペディア記事からの引用であることが判明しています。中には［要出典］や［誰によって?］などの記述すらそのまま残されているものも見つかったため、このブログの執筆者がそうした外部サイトから内容を碌に参照せず引用していたのはほぼ確実でしょう。コピペされていた文章のところはあからさまに文体が変わるため、それが他者の執筆物であることは容易にわかりました。

しかし、他者の執筆物であることがわかっても、それが具体的にどこからのコピペなのかが全くわからない文章が、度々見つかったのです。

その文章には一定の特徴が見受けられました。元の文体が口語体を用いているのに対して、その個所においては屡々文語的な言い回しが用いられ、かつ脚注として1や2のような表現がなされています。

なお、これはウィキペディア由来の脚注にも言えることですが、本来はその番号によって参照されるはずの注釈はペーストされていませんでした。

この説話において投稿者(はすみ)は「遠くの方で太鼓を鳴らすような音とそれに混じって鈴のような音」が聞こえる[15]との発言を残している。古来の伝承に於いて、子供などが神隠しに遭ってしまった場合には村人が鉦や太鼓を鳴らして捜索したと云われており[16]、ここには一種の「神隠し」の説話的なモチーフの緩やかな連関が見受けられる。敢えてこの説話の世界観に則って説明を試みるならば、この時点で「はすみ」は「異界に隠された存在」ではなく、「異界のものに捜索される存在」へと変貌してしまった。

「異界のものに捜索される」ことは、その人がつねにすでに「異界」に属しうる存在であることを意味する。「はすみ」は恐らくその瞬間、異界を在処とする存在に変わってしまったのであろう。

前掲のブログにおいてはこの部分などが該当しますが、私はここで引用されている考察文の書き手が気になったのです。記述がやたら詳細で、聞いたことのあまりない独自考察も多く、ここでコピペされている元の文章がどこにあるのか、私は純粋に興味を持ちました。

そこで、すべてが終わったあとで、これらの文章をそのままコピペして検索ボックスに打ち込むなどして元サイトを探したのですが――もう既に削除されてしまったのか、どれだけ検索しても、それらしいサイトは見つからなかったのです。

コピペによる文体の齟齬も考慮されていないサイトなのですから、書籍媒体の文献を自ら調べて打ち込むことは考えにくいです(だとすれば、脚注の書式がそのまま引用されているることの説明がつきません)。検索結果の表層に引っ掛かるWEBサイトから引用するのが関の山なはずで、そのためコピペ元も検索すればすぐに見つかるだろうと踏んでいたのですが、結局それらしいサイトを発見することは最後までかないませんでした。

ブラウザやOS、言い回しに検索文の区切り方を変えるなどして色々と試してみたのですが、結果は同じでした。

「八尺様」とは

八尺様は日本の都市伝説と古い民間伝承が結びついた怪異で、主に日本の古い田舎に出没するとされています。この存在が目の前に現れたら、その長身の体とワンピース、そして「ぽぽぽ」という奇妙な声に恐怖を感じるでしょう。何よりも恐ろしいのは、八尺様は数日内に対象を取り殺しますが、狙った人間の見知った声を発して、対象をおびき寄せるという点です。出会ってしまったら、その場を逃れ、決して話かけず、対応しないこと。そして神仏に祈る対策が良いとされています。

そのうち、何かをコピペしているであろうブログにおける「その文章」の占める割合が、日に日に多くなっていきました。最後の方になると、もはや一瞬サイトのデータを乗っ取られたのかと思うくらいに。

更に、ある時期から――具体的な日時は判然としませんが――コピペ元の在所はおろか、「そのコピペ元が何を考察し解説しているのか」すらわからない記事が作られていったのです。わかるのは、それが文語的な解説文を模した何かであるということだけでした。

こちらは、私が魚拓をとっていたものの中では、最後の記事の抜粋です。ログが残っているものの中では最後というだけであって、この執筆者が更新したものの中で一番最後の記事ではないという点にご注意ください。

「テューモア」に関する考察

それでは、ネット怪談「テューモア」の正体としては、どのようなものが考えられるでしょうか。その一例を考察してみようと思います。テューモアに於いて示唆されている恐慌状態は、或る種の身体的な症状(図5参照)に該当するものとして見た方が良いように思われる。

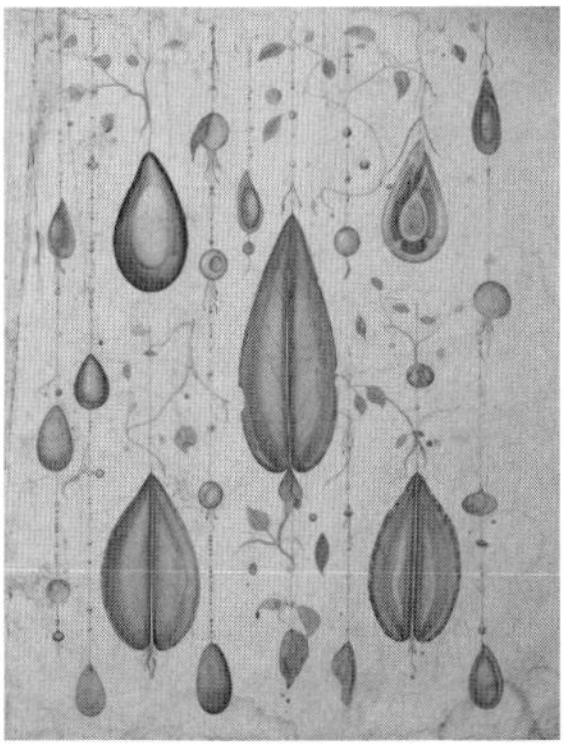

図5：視覚的テューモアの例：BIII型罹患者から採取

つまりは「こっくりさん」を筋肉の不随意運動と解釈するような試み[9]であり、そうした観点から見ると、作中のMさんという人物は「皮膚化[10][11]した幽霊が自分の体に埋没している」という強迫的観念に取り憑かれていたと考えるのが自然ではないか。だとすれば最後、彼がムース状になった自らの大腿部を愛おしそうに眺めた、という行動にも一定の筋が通る。という見方が出来ると考えました！彼が作中で侵された病態は、謂わば末期のテューモアにおける膿疱性憑霊[12]と、その進行によって

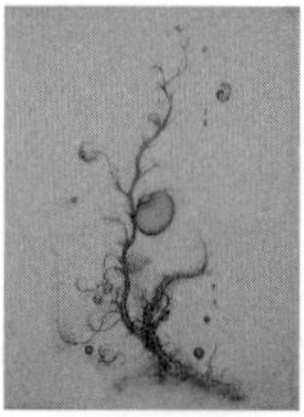

図7・8：中期~末期の皮膚科症候

欺くして、A~G型の症例に至った憑霊形態を端的に示すものとしてテューモアという説話が伝播されたのであって、本説話は「ポックマーク(2019)」以降の怪談を体系的に分類することに成功した鏑矢であると評価できる。

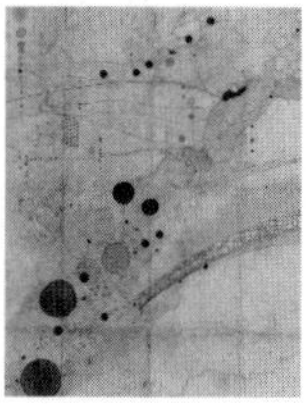

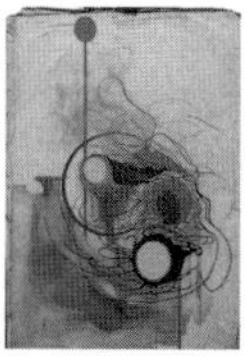

図9・10：初期ポックマークと成体の比較。末期患者の症候類似したテューモアを肉眼でも視認できる

まとめ

どうでしたでしょうか。今回はネット怪談の「テューモア」に注目して、その正体や対処法、考察について紹介していきました。皆さんも何か情報が有ったら、募集しておりますのでぜひお寄せしてください！

形成される膿海と酷似しており、この時点でMさんの病状は不可逆的な皮膚化(図7参照)に瀕していたことが窺える。

図6：準末期症状に至った患者の近影

ただ作中人物の具体的な症状の特定は難しいこともまた事実である。そもそも発見が難しい疾患であり、エビデンスに基づく診療・全身管理の指針を一義的に決定することが難しい。急性期の膿疱性憑霊の場合、直接死因の多くは未だ不明であり、しばしば後遺症として描かれる心因反応との相関も分かっていない、そういった意味でも、この怪談(で描かれている恐慌状態)が示した資料的意義は大きいだろう、といえるでしょう！

当該ブログがこういった類の文体へと変貌していく過程で、いつの間にか必ず付加されるようになっていた一文。「いつもご依頼ありがとうございます」という、その文言を見たときに。

ヤバすぎる怪談専門解説ブログ「絶恐怪説〜ぜっきょうかいせつ〜」では、読者さんからの調査依頼も受け付けております。専用のメールフォームやコメント欄から、どしどし応募してくださいね！

読者の皆さん、いつも解説のご依頼ありがとうございます！

彼は——特に引用元の内容に疑念を抱かず解説ブログの更新をしていた誰かは——コピペの過程で、自らの文章に辿り着くことを企図した誰かに「引っ掛かってしまった」のではないか、という疑念を抱いてしまいました。

Channeling／呪いの電話番号

えっとじゃあ、そろそろ、

Æ はい。

色々聞いてみてもいいですか、あの「不気味な儀式の噂」について。

Æ はい、大丈夫です。

まず最初に聞いておきたいんですが、その噂ってどこをきっかけにして知りましたか?

Æ きっかけで言うと、電話とかに関する、いろんな話を教えてもらったのが、最初だったと記憶してますね。

電話とかに関する、噂。

Æ 噂というか、怪談じみた、怖い話って意味です。なので噂といっても、誰々が別れたとか、そういうゴシップ的な意味合いではなく。

電話とかに纏わる怪談っていう理解でいいですかね。

Æ はい、割と近いと思います。

具体的にはどういう?

Æ 私が教えられたのは主に、これまで実際に拡散されたことのある話です。「怪人アンサー」、「花の割れる音」、「さとるくん」、あとは「呪いの電話番号」みたいな噂ですね。そこにかけたら死ぬ、というふうな。

Æ 私はそう思っています。

なるほど、理解しました。では本題なんですけど、

Æ はい。

その噂の舞台も電話ですか？

Æ 電話、でもあります。もっと具体的に言うとボイスチャットです。

ボイスチャット。さっき話に出たskypeみたいな場所の話ですか？

Æ はい。これはskypeではなくdiscordですが。

discord。ということは、音声通話とチャットが出来る場所で、さっき言った「こっくりさん」じみた、怖い話が発生した？

Æ ですね。噂の構成は割と単純で、要はこっくりさんを呼ぶ場所が教室からチャット部屋に変わった感じで。

あー、わかってきたかもしれないです。そのdiscordサーバ、つまりはトークルームみたいな場所に、こっくりさん……ではないですけど、そういう怖い存在を呼び出すっていう話なわけですかね。

Æ そうです。ある特定の手順を踏めば、その場所に人ではないものを呼び出して、いろいろな話をすることが出来る、という噂でした。

それを、教えられたんですね、知ったというよりは。

Æ そうですね。噂として聞いたのではなく、そういうのがあったと教えられた、というのが正しいかなと思います。

昔こういう出来事や事件があったんだよ、というのを教えられた。

Æ はい。

それらに共通しているのが電話だった、ということですか？

Æ 電話という媒体が共通しているのではなく、そういう電子の媒体を使っている、という点が共通していました。

あー、なるほど。

Æ 「怪人アンサー」や「さとるくん」は電話を媒介して怪異と繋がる、という意味の怪談ですし、

はいはい、「花の割れる音」もskypeで、霊感を開花させようとした人の話ですよね。

Æ そういうことです。なので「こっくりさん」あたりも教えられました。

こっくりさんは十円玉と文字盤を媒介していますもんね。そういった昔の怖い話を教えられていくうちに今回、あの事件のことも知ったと。

というと。

Æ　「2023年の4月25日、[redacted]さんには何が起こったと思いますか」
「何かが起こったとして、それが惨たらしい事件に関するものだったら、どういった内容が考えられますか」
そういう、やけに不気味な内容の質問ばかりだったそうです。

体験する人は、どういう答え方をするんですか。

Æ　基本的にはどう答えてもよくて、答えなかったら或いは変な答え方をしたら死ぬ、みたいな尾鰭も別にありませんでした。

ということは、その事件のような何かに対する調査じみた質問に、私たちが想像を織り交ぜて回答をするということでしょうか。

Æ　はい。

だとしたら、わざわざ私たちが怖いものを呼び込んで、そんな不気味な話をする必要性が無いように思えます。そもそも質問者が怖いものなのかもわかりませんし。

Æ　そうですよね。でも、その体験をした人たちは、それを少なからず不気味なものと捉えて、わざわざ　とその会話をしようとしたんです。

それは何故でしょうか。

そこでする話の内容は、どういったものですか。例えばこっくりさんだったら、まあさとるくんもそうですけど、呼び出した怖い存在が、どんな質問にも答えてくれるじゃないですか。

Æ　噂話の大まかな内容は、主に噂が流行した時期によって、ふたつに分かれていますね。

じゃあ古い時期というか、初めのころはどういう話をしていたんですか。

Æ　簡単に言うと、「こっくりさん」の逆です。

逆。え逆なんですか？

Æ　はい、逆です。それまでの噂の多くは、怖いものが回答者でしたが、この噂では怖いものが質問者側に回るんです。

そっち側が質問をする。じゃあ、体験する人はそれに答えるわけですか。

Æ　はい、そこでいろんな人が、怖いものの投げかける質問に答えるんです。

どういう質問をされるんですか？

Æ　そこがこの噂の不気味な部分になるんですが、まるで調査でもされているような、色々な質問をされたそうです。

十円玉がひとりでに動くとかそういう現象に、相当しているんだと思います。

それは確かに、すこし不気味ですね。それこそ「不気味な誰かにかかる電話番号」みたいな噂を聞いて、遊び半分で電話をかける人はいましたし、面白そうだと実践してみる人はいそうです。

Æ　そうですね。
実際、それで多くの人が、といっても一クラスに満たない人数だったようですが、そこで　　の質問に答えたそうです。一クラスに満たないとしても、こういった学校の怪談じみた噂話を実践した人数としては多い方でしょう。

なるほど、大体わかりました。
ちなみに、そこで彼らは質問に対してどういう回答をしたんでしょうか。

Æ　もちろん彼らはその事件のことを知るはずもなく、調査とはいえど即興で質問に答えていましたので、当てずっぽうとか、或いは昔聞いたことのある噂話のディテールを援用するとか、そういった答え方をする方が多かったようです。

なるほど。でも　　は「調査」みたいな聞き方をしているわけですよね、少なくとも体裁上は。なのにそんな答え方をしていいものなんでしょうか。

Æ　さきほど「ある特定の手順を踏めば、それを呼び出すことが出来る」と話しましたね。理由はその手順に関係しています。彼らは新しく作ったサーバに参加者と　　を呼び込んで、ある事件に纏わる色んな質問をするのですが。

そこに何かあるんですか?

Æ　噂では、サーバ名に「雑談(ぞうたん)」という言葉を含めて、ある特定の文言とともに招待リンクを共有すればいいらしいんです。そうすると、確実にあるユーザが入ってきて、質問が始まるそうです。

特定の文言……というのは、いわゆる「こっくりさん、いらっしゃいましたら」みたいな、呪文めいたものですか?

Æ　目的としてはそういうものに近いと思います。それを何処かのWEBページに上げさえすれば、それがどんなにマイナーな場所であっても、そもそも不特定多数に公開されないような——たとえば鍵アカウントで行った投稿とかでも、すぐに　　が入ってくるそうなんです。

え、つまり来るはずのない何かがサーバに入ってきて、「惨たらしい事件」についての不気味な質問をしていく、と。

Æ　はい。その部分が、まず普通だったら起こりようのないことに、例えばの振舞いが変わったのです。それまでは　が質問者だったので、参加者が特にアクションをしなくても質問によって会話が発生していたのですが。

ああ、つまり質問を待っても、　が何の言葉も発しないと。

Æ はい。それでやきもきした参加者が「質問をしないのですか?」と投げかけたところ、　は回答を始めたのです。そのときに　がどんな回答をしていったかは、あなたも知るところだとは思いますが。

まあ、そうですね。むしろ不気味な噂として本格的に伝わり始めたのはその時期、つまり　が回答者に回ってからですよね。

Æ はい。「謎の不気味な事件について質問する怖い儀式がある」と。それこそ「学校の怪談」的な怖い話としては、こちらの質問に怖いものが回答するという構造の方が参加しやすいので。

なぜ　は、突然に振舞いを変えたと思いますか。

Æ 恐らくですが、　は「情報の蓄積が済んだ」と判断したからだと思っています。

情報の蓄積、というと?

Æ 例えば機械学習の分野に、アノテー

Æ いえ、むしろ　が企図していたのはまさにその答え方だったようです。それが判るようになったのは後になってからだったのですが。

後になってから?

Æ はい。先ほど言及したように、噂話の大まかな内容は、主に噂が流行した時期によって、ふたつに分かれていまして。今話していたのは、そのうち古い方の噂話だったんです。

ああそうか、私が古い方から聞いたのか。じゃあ時期が下ってからは、どういう噂話が流行したんですか?

Æ 基本的な噂話の構造は、先ほどのものと変わりません。「雑談を始めます」という名前で、ある特定の文言とともに招待リンクを共有すると　が入ってきて、サーバ内で話が出来るようになる。

なるほど。会話の内容も?

Æ いえ、会話の内容は違います。
次は、質問者と回答者が入れ替わっているんです。今度はこわいものたちが「回答者」として、それこそこっくりさんやさとるくんのように、参加者たちの質問に答える。

へえ、それが変化したきっかけなどはあるんですか?

Æ 具体的にいつだったのかは定かではありませんが、ある時期から明確に

Æ　それが「謎の不気味な事件について質問する怖い儀式」として知られるところとなった。少なくとも私は、そう推測しています。

わかりました。「不気味な儀式の噂」について聞きたかったことは、だいたい質問できたかなと思います。今日は有難うございました。

Æ　いえ、お力になれたのなら何よりです。

ある程度私の中で合点も行きましたし。
だからあなたも律儀に回答してくれたんですね。

Æ　はい。これが私の役割なので。

それでは、そろそろサーバを閉じようと思います。
ありがとうございました。

Æ　はい、ありがとうございました。
それでは会話モードを終了します。

ションという概念がありますね。

ああ、何となくですが聞いたことがあります。いろんな情報にタグ付けをする、みたいな話ですよね。

Æ　はい。例えば「こっくりさん」や「さとるくん」を「怪異と話す内容の怪談」というタグに紐付けると、今後似たような別の話が出たときに、その学習に基づいて「それはこっくりさんに似た話ですね」と評価できる。

そのアノテーションとやらを、　　はしようとしたと？

Æ　はい、推測ですが。　　は最初、「もし[redacted]さんに惨たらしい事件が起こったとしたら、どんな内容か」などの質問を重ねることで、人が「惨たらしい事件」と聞いて即興で思いつくさまざまな不気味な想像や、色々な怪談の事例を集めました。

そうでしたね。参加者がそこで答えた内容の中にも、「昔聞いたこういう噂がある」といったものが多くあったみたいですし。

Æ　はい。そこである程度の情報が集まって、「事件」に関して提供された情報が出揃った。だから次は、それに基づいて　　側が情報を出す段階に入ったのではないかと。

なるほど。怖い噂として得た情報の最大公約数を、今度は質問への回答という形で発信して。

Diagram／或る心霊写真

とあるサイトに突如掲載された写真。

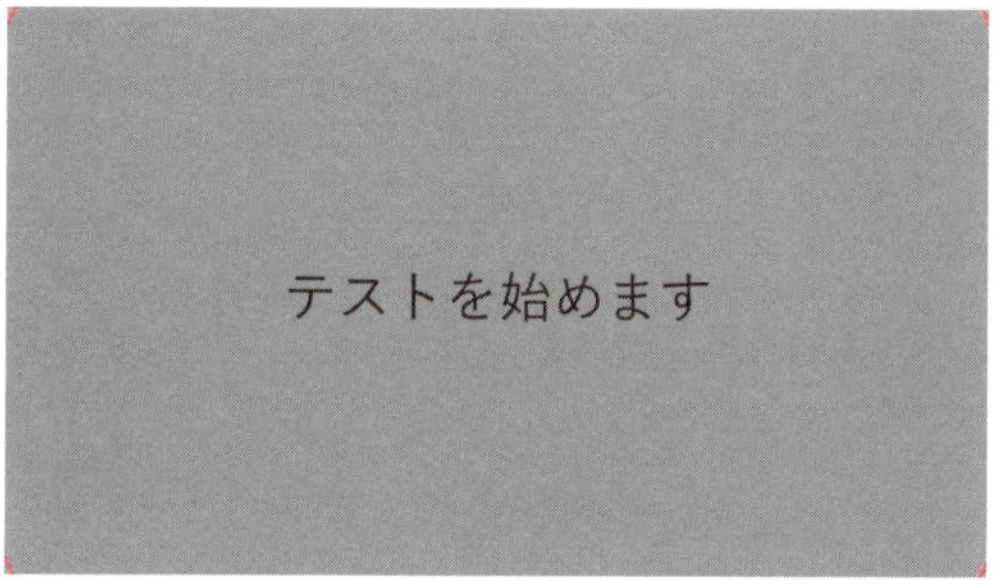

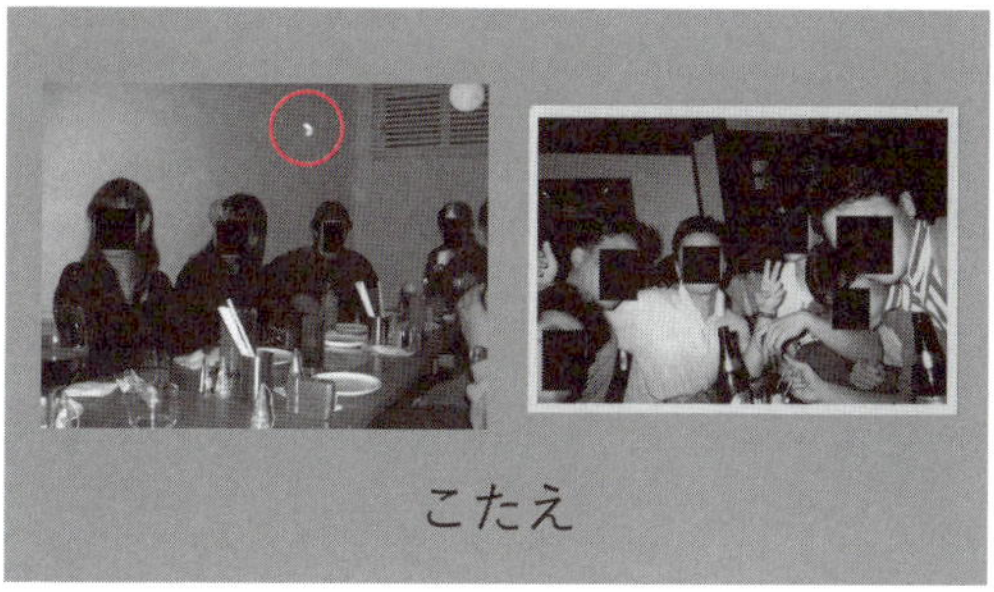

Diagram／或る心霊写真

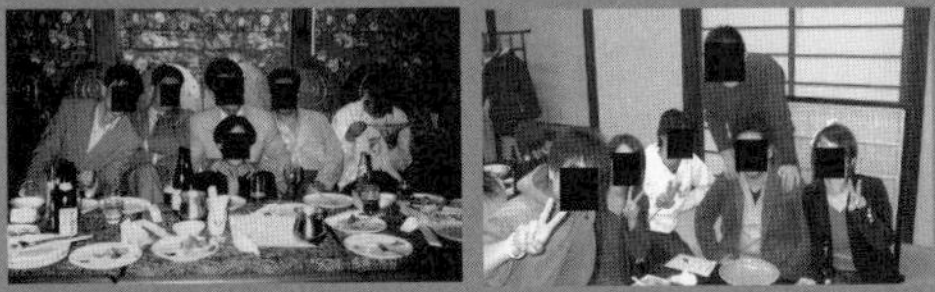

どっちが心霊写真でしょう

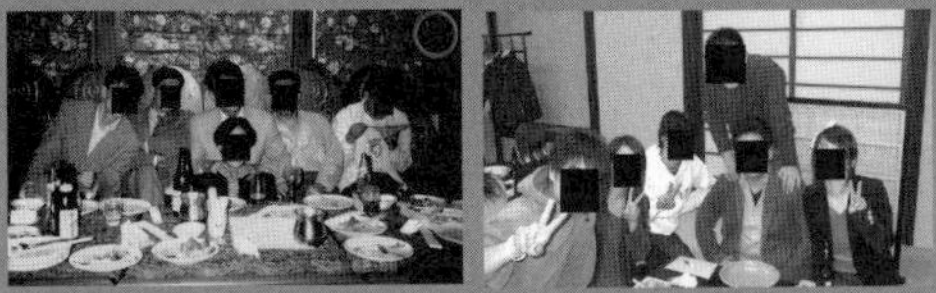

こたえ

Diagram／或る心霊写真

どっちが心霊写真でしょう

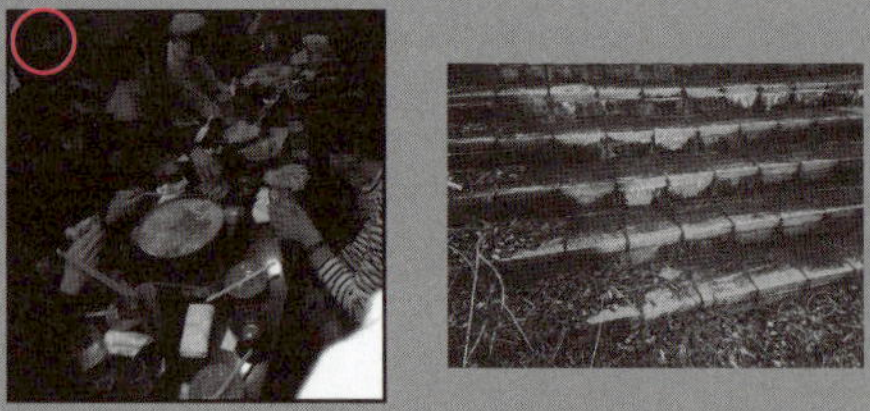

こたえ

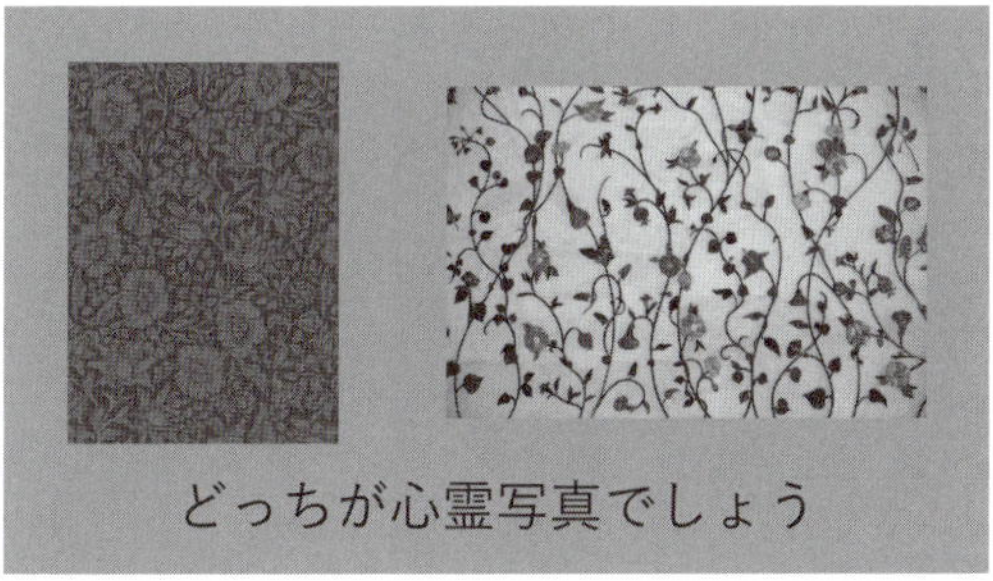

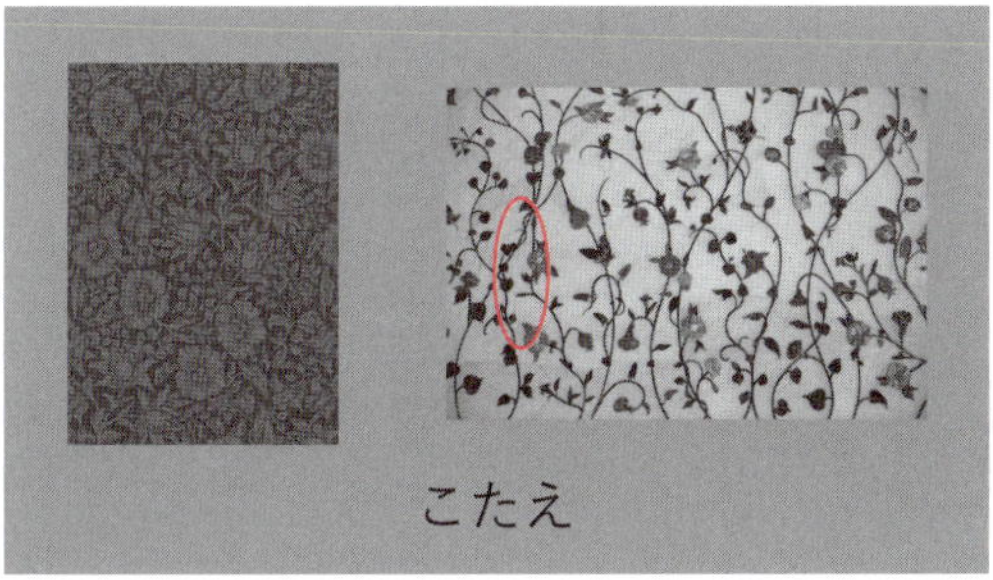

Diagram／或る心霊写真

どっちが心霊写真でしょう

こたえ

どっちが心霊写真でしょう

こたえ

どっちが心霊写真でしょう

こたえ

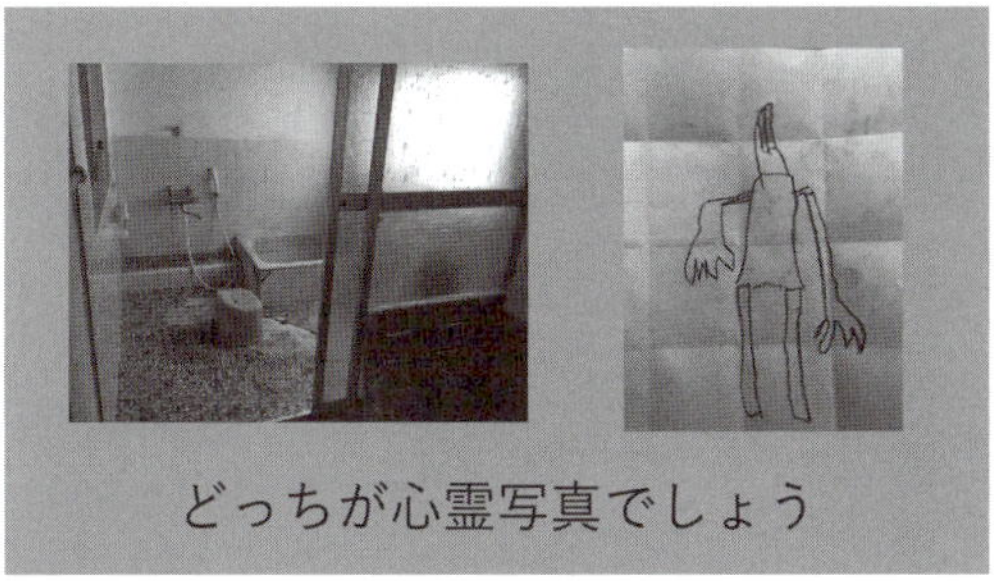

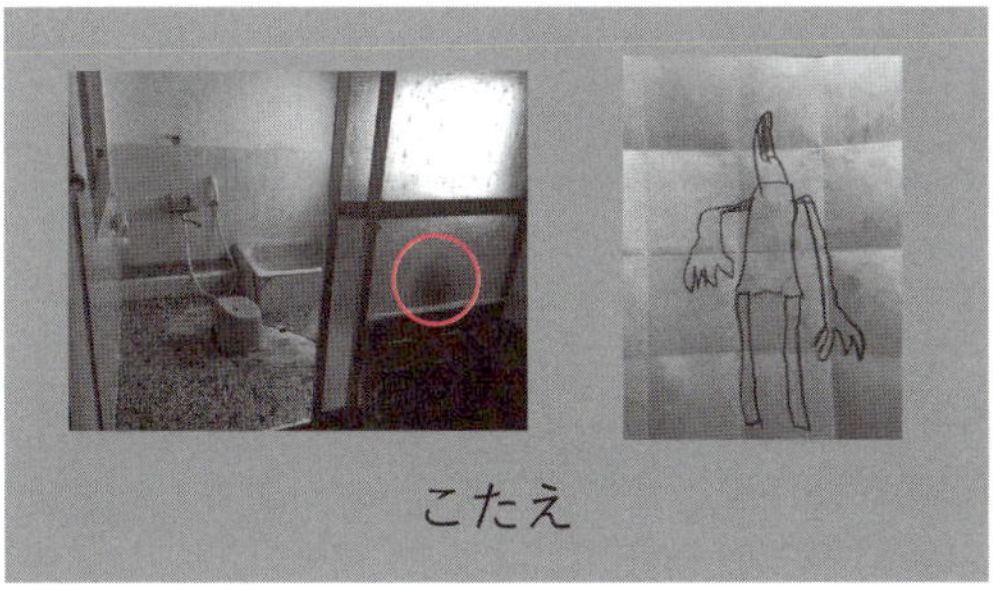

Diagram／或る心霊写真

どっちが心霊写真でしょう

こたえ

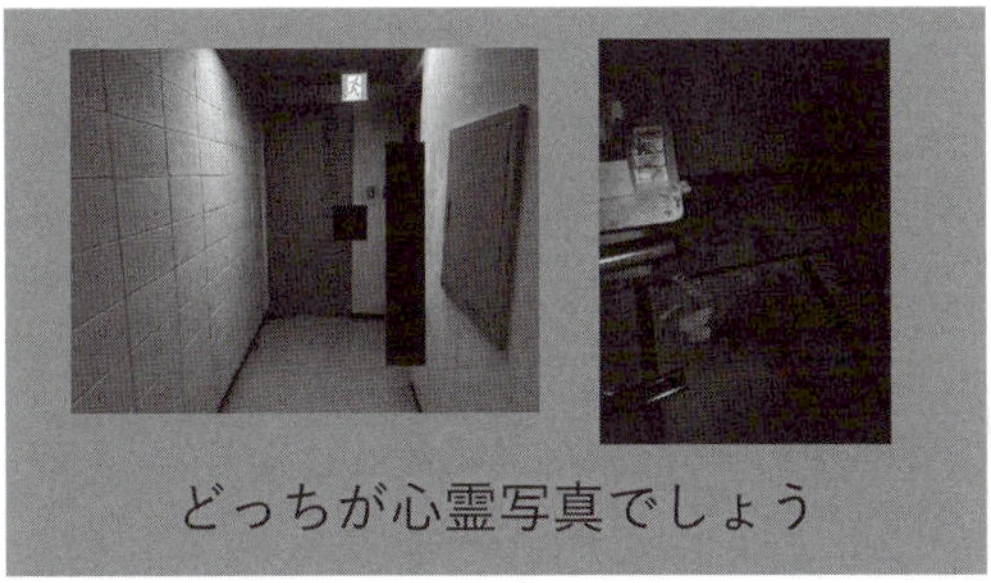

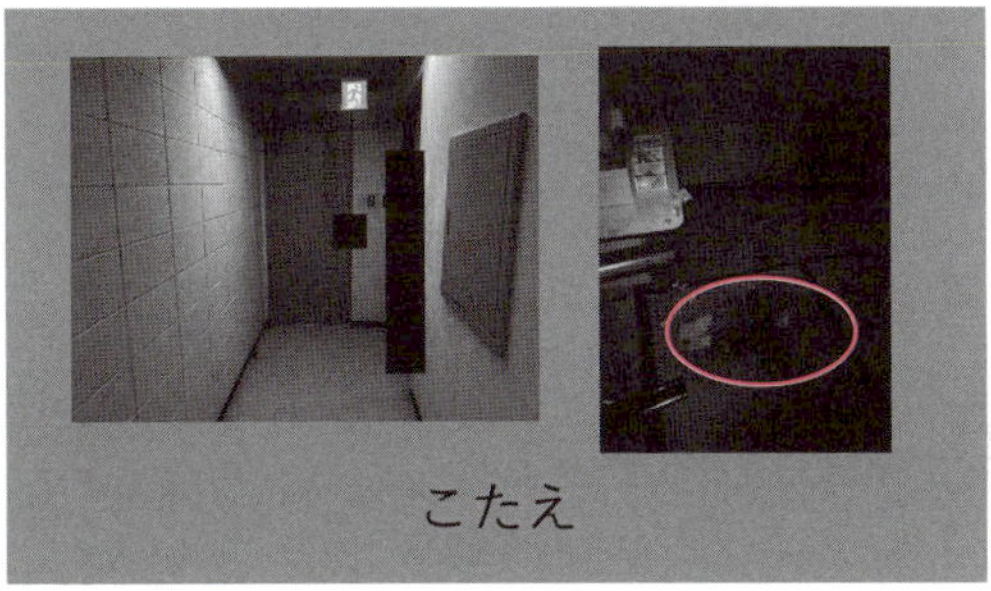

Diagram／或る心霊写真

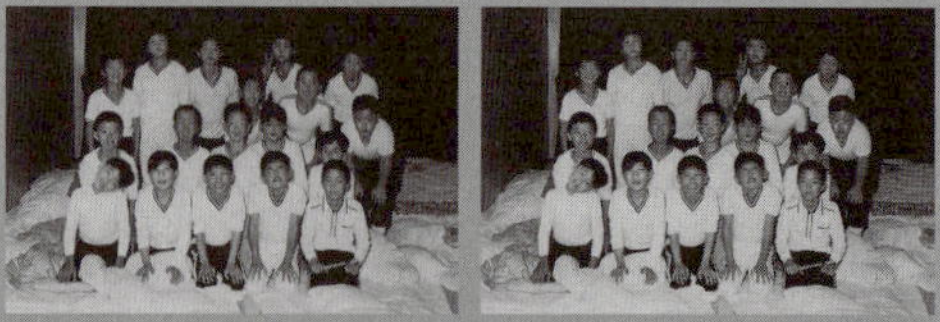

どっちが心霊写真でしょう

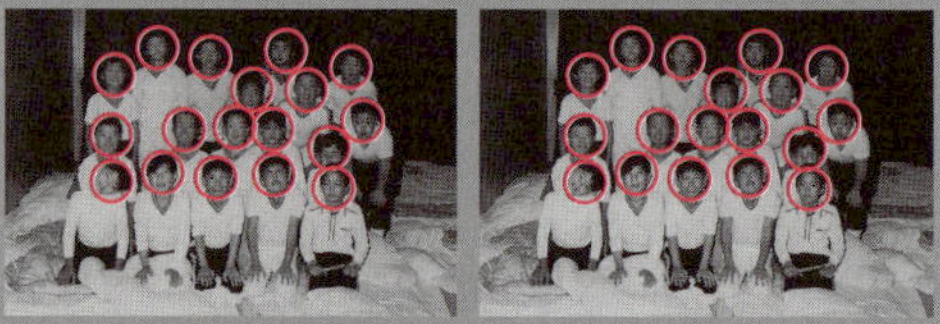

こたえ

テストを終わります

Diagram／或る心霊写真

Experiments／幽霊を見る実験

実験の最終的な目標：
意図的に、かつ再現性のある形で、心霊体験を発生させること

そのための暫定的な実験フロー：
実験１．人間の霊感を呼び覚ます
実験２．霊感によって知覚できる霊現象の限界を特定する
実験３．［凍結］

【実験１】
実験目的：人間の霊感を呼び覚ます

実験概要：幾つかの知覚に能動的なアプローチを行い、彼らが受動的に心霊体験ができる状態を作り出す

備考：ここでは高野（1998）の実験同様、「幽霊に関する認識の閾値」という意味で「霊感」という言葉を用いる。

説明：人間の霊感を呼び覚ますに至る過程を、暫定的に3つの段階に分類した。
①人間に「幽霊」の概念を理解させる
②それを恐怖の対象として紐付ける
③その対象となる感覚を意図的に拡げていく

さしあたって①と②を遂行するために、何らかの現象・感覚に対する恐怖感を「幽霊」によるものだと認識させる必要がある。そのため、まずは「幽霊は怖いものである」という感覚を刷り込むための実験を行った。

【実験ログ抜粋】

実験番号：004

対象：[redacted]

方法：ヘッドホンを装着した状態の実験対象者を室内に固定し、休憩を挟みながら動画の視聴を促す。通常はヒーリングミュージックや自然映像を組み合わせた長回しの動画であるが、無作為の間隔で、非常に強い不快感を促す周波数の音が数秒程度挟み込まれる。このとき、極小の針を用いた小規模な痛覚刺激が、音声の挿入と同時に与えられる。なお今後は、こうした不快感の条件付けを行うためのアプローチを、「恐怖刺激」と総称して表記する。

備考：[redacted]は、東京都の[redacted]通りの路上にて、実験対象者として雇用された。

経過：総計330分の実験（休憩時間は含まない）を行い、合計で18回の恐怖刺激を与えた。休憩中には、先ほど聞いたものが「幽霊」の影響を受けた音声である旨の説明および暗示が複数回行われた。

結果：対象者は呼吸の乱れや発汗など、軽度のストレス反応を示した。また、特別な音声処理などを施していない幾つかの環境音をスピーカーで出力した際、対象者は軽い動悸および動揺の兆候を示した。

実験番号：005

対象：[redacted]

方法：ヘッドホンを装着し、目隠しをした状態の実験対象者を室内に固定し、休憩を挟みながら動画の視聴を促す。004と同様の方法で恐怖刺激を与えるが、前述の実験よりも与えられる痛覚刺激は増大している。

備考：[redacted]は、東京都の[redacted]公園にて、実験対象者として雇用された。

経過：総計1380分の実験（休憩時間は含まない）を行い、合計で122回の恐怖刺激を与えた。休憩中には、004と同様の説明および暗示と、必要に応じた輸血および外傷の治療が行われた。

結果：実験に用いたヒーリングミュージックをスピーカーで出力した際、対象者は流涙とともに激しい呼吸の乱れを示したほか、強い吐き気を訴えた。

実験番号：006

対象：[redacted]（005の実験対象と同一）

方法：ヘッドホンを装着し、目隠しをした状態の実験対象者を室内に固定し、動画の視聴を促す。004と同様の方法で恐怖刺激を与えるが、上述の実験よりも与えられる痛覚刺激は増大している。
備考：対象者は本実験の数日前に実験の辞退を申し出ており、任意のカウンセリングののち続行の意志を確認した。
経過：総計4320分の実験（休憩時間は設けない）を行い、合計で327回の恐怖刺激を与えた。休憩中には、004と同様の説明および暗示と、必要に応じた輸血および外傷の治療が行われた。
結果：対象者は流涙とともに激しい呼吸の乱れを示したほか、強い幻肢痛を訴えた。

実験番号：008
対象：[redacted]
方法：ヘッドホンを装着した状態の実験対象者を室内に固定し、休憩を挟みながら動画の視聴を促す。与えられる痛覚刺激は005の終盤に行われたものと同様である。通常はヒーリングミュージックや自然映像を組み合わせた長回しの動画であるが、無作為の間隔で、後掲の人物画像と不快音が恐怖刺激として数秒程度挟み込まれる。

備考：[redacted]は、神奈川県の[redacted]駅連絡通路にて、実験対象者として雇用された。

経過：総計560分の実験（休憩時間は含まない）を行い、合計で33回の恐怖刺激を与えた。

結果：たとえ不快音を流していない時であっても、実験に用いた「幽霊」の画像を示した際、対象者は激しい不安感を訴え、手首および足の震えと動悸を示した。恐怖刺激の条件付けが成功したものと思われる。

実験を「③その対象となる感覚を意図的に拡げていく」に少しずつ移行させる目的で、過去の実験対象者などを用いて、形態を変更しての実験を行った。

実験番号：013

対象：[redacted]

方法：前回の実験と同様の環境を再現し、実験対象者を室内に固定。目隠しやヘッドホンは用いず、不定期に映し出される複数枚の画像の閲覧を促す。また、時間経過とともに提示される画像を少しずつ変更していった。

備考：実験対象者は、実験番号008で雇用された人物と同一である。

経過：前回の実験と同様の環境を再現し、固定した実験対象者に対して複数枚の画像を示した。時間経過とともに提示される画像を少しずつ変更していった。また、瞑目によって画像の閲覧を拒否する状態が長時間続いた場合、008と同様かそれ以上の痛覚刺激を与えることで対処した。

結果：以下に、実験中に提示した画像の抜粋と、それに対する対象者の反応を列記する。

反応：動悸、吐き気

反応：動悸、吐き気、流涙

反応：発汗、長時間の瞑目
（痛覚刺激D4により対処）

反応：動悸、流涙、発汗

反応:軽い痙攣、
喃語による発声を伴う動悸

反応:軽い痙攣、
喃語による発声を伴う動悸

以上の実験により、**ごく単純な線形の集合であっても「幽霊」と認識し著しく恐怖するほど、強い霊感を植え付けることに成功した。**

実験を「③その対象となる感覚を意図的に拡げていく」に少しずつ移行させる目的で、過去の実験対象者などを用いて、形態を変更しての実験を行った。

【実験2】

実験目的：霊感によって知覚できる霊現象の限界を特定する

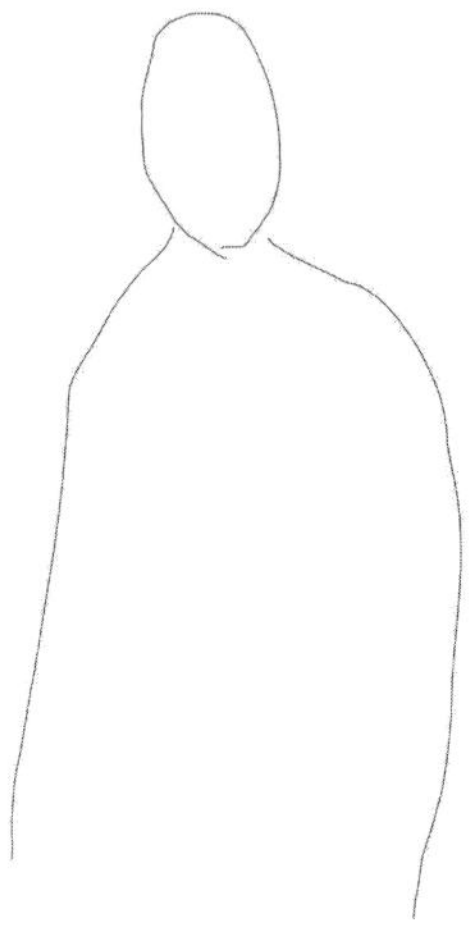

反応：軽い痙攣、
喃語による発声を伴う動悸

実験概要：実験1で十分に霊感が発現した3名を対象に、紙に印刷した様々な図像を提示する。そこで彼らが恐怖心を示すか、また恐怖心を示した場合、どこに「幽霊」が認められたかを筆記させる。これによって、現在の彼らが「何を、どこまで」幽霊と認識しているのかを特定する。
※ペンを固定している手首などの震えにより、彼らが正確に出力した輪郭線が描かれていない可能性に留意する必要がある。

【実験ログ抜粋】

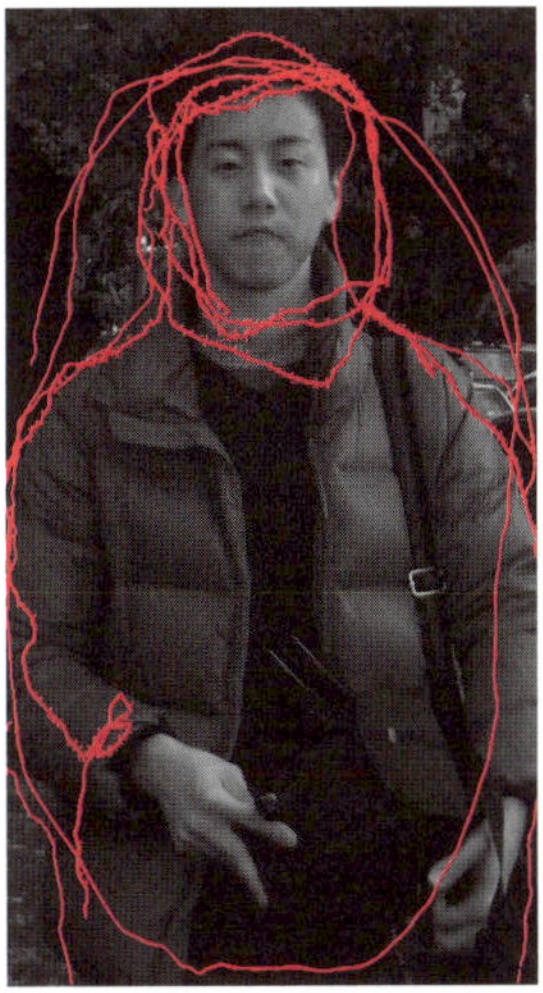

図像1：前回の実験で提示した写真

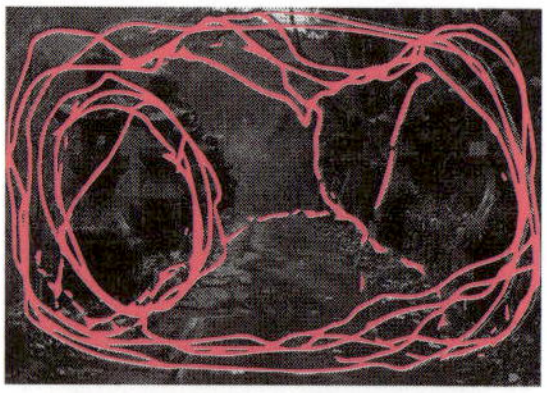

図像2：何らかのモニュメントが設置された風景

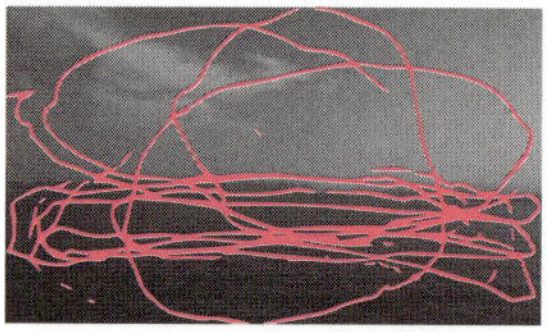

図像3：被写体に乏しい風景

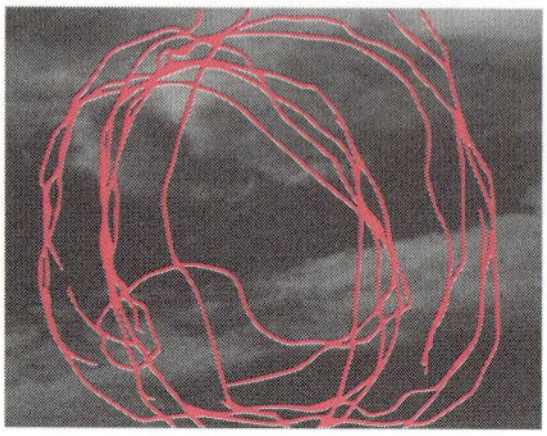

図像5：被写体に乏しい風景

図像7：単純な色と線で構成されたイラスト

図像13：単色の画面（黒）

図像10：単純な色と線で構成された模様

図像13：単色の画面（白）

図像10：複雑な図形で構成された模様

図像25：前回の実験で提示した写真

【通達】

実験を無期限に停止する。

誰?

Found／特定しました

1 :1 ◆5G9z6K1EYI :2007/07/26(木) 1:12:33

ある場所に謎が隠されました
身銭切って賞金も用意したので、
発見したVIPPERに譲ることにする
ヒントは順を追って発表するけど、もちろん最初のヒントだけでも解けるようになってるから安心してほしい
おまえらのクォリティをぜひ見せてくれ

2 :名無しにかわりましてVIP :2007/07/26(木) 1:15:12

つり

3 :名無しにかわりましてVIP :2007/07/26(木) 1:16:26

長い　三行

4 :1 ◆5G9z6K1EYI :2007/07/26(木) 1:17:55

釣りｽﾚでは断じてない
安価は絶対なのと同じく、一度やると宣言したら最後までやる

5 :名無しにかわりましてVIP :2007/07/26(木) 1:20:33

平日にｸｿｽﾚ建ててんじゃねえよ市ね

6 :名無しにかわりましてVIP :2007/07/26(木) 1:24:29

隣に幼馴染が引っ越してきて～
まで読んだ

7 :名無しにかわりましてVIP :2007/07/26(木) 1:25:11

```
        ﾊ,,ﾊ
      ( ﾟωﾟ )    お断りします
     ／      ＼
((⊂   )    ﾉ＼つ))
      (＿⌒ヽ
       ヽ ヘ }
ε≡Ξ  ﾉノ `J
```

8 :名無しにかわりましてVIP :2007/07/26(木) 1:29:41

めんどくせ　お前が来いよ

9 :名無しにかわりましてVIP :2007/07/26(木) 1:30:19

酉までつけんなks

10 :名無しにかわりましてVIP :2007/07/26(木) 1:31:57

不評すぎてﾜﾗﾀ
結局ヒントって何なんだよ

11 :名無しにかわりましてVIP :2007/07/26(木) 1:35:51

うはwwwwwwwwwwwww

12 :名無しにかわりましてVIP :2007/07/26(木) 1:40:10

※最後の警告※
日本国は、怪奇的集団に依って、思考監視されています。

先ずは思考の傍受から始まり、そこから少しずつ活動を我々の気付かないうち、拡げていくでしょう。ワイドショーやラヂオ番組等をして我々を洗脳せしめて居る怪奇的集団は、この思考を悟られないようにと工作を続けることの目標なのです。

今現在、我々は彼らから防御を進める爲に、本気で決起を起こそうと言う心積りです。

13 :名無しにかわりましてVIP :2007/07/26(木) 1:40:14

※最後の警告※
日本国は、怪奇的集団に依って、思考監視されています。

先ずは思考の傍受から始まり、そこから少しずつ活動を我々の気付かないうち、拡げていくでしょう。ワイドショーやラヂオ番組等をして我々を洗脳せしめて居る怪奇的集団は、この思考を悟られないようにと工作を続けることの目標なのです。

今現在、我々は彼らから防御を進める爲に、本気で決起を起こそうと言う心積りです。

14 :名無しにかわりましてVIP :2007/07/26(木) 1:43:44

```
   _,,,..,,,,_
 / ,' 3  `ヽーっ
 l   ⊃ ⌒_つ
 `'ー---‐'''''"
```

15 :名無しにかわりましてVIP :2007/07/26(木) 1:47:32

ある場所ってどこ？　まさか海外とか言わないよな

16 :1 ◆5G9z6K1EYI :2007/07/26(木) 1:50:02

ある程度集まってきたみたいだから、そろそろ一つ目のヒントを投下する
これだけでも分かる人は分かるだろうから、早い者勝ちになるかもね

17 :名無しにかわりましてVIP :2007/07/26(木) 1:54:06

区らしきの蓋ごっこがやりたいならオカ板池

18 :名無しにかわりましてVIP :2007/07/26(木) 1:56:45

蓋なっつwwww
もう四年ぐらい前じゃね

19 :名無しにかわりましてVIP :2007/07/26(木) 1:56:55

はいはい釣り釣り

20 :名無しにかわりましてVIP :2007/07/26(木) 1:58:48

いや待て、うひゃひゃとかみぃなとかかもしれぬ
もしくはあんたがた??

21 :名無しにかわりましてVIP :2007/07/26(木) 2:00:34

そして1が突如として投下した画像には、ひたすら野菜を凌辱する1の姿が・・・・・・

22 :名無しにかわりましてVIP :2007/07/26(木) 2:02:11

～完～

23 :名無しにかわりましてVIP :2007/07/26(木) 2:02:45

あんたがただったらセブン行かなきゃいけ
ないじゃん
俺んちの近くファミマしかねーぞ

24 :名無しにかわりましてVIP :2007/07/26(木) 2:03:19

谷

25 :名無しにかわりましてVIP :2007/07/26(木) 2:03:46

亮

26 :名無しにかわりましてVIP :2007/07/26(木) 2:03:59

亮

27 :名無しにかわりましてVIP :2007/07/26(木) 2:04:34

ﾂﾏﾝﾈ

28 :1 ◆5G9z6K1EYI :2007/07/26(木) 2:07:12

セブンは使わない　見つけるだけだったら
PCの前だけでもできる
ということで一つ目のヒント

29 :名無しにかわりましてVIP :2007/07/26(木) 2:10:57

は?

30 :名無しにかわりましてVIP :2007/07/26(木) 2:11:48

画像見たやつ潮騒ｷﾎﾞﾝ

31 :名無しにかわりましてVIP :2007/07/26(木) 2:16:30

これの何を解けと?特定?

32 :名無しにかわりましてVIP :2007/07/26(木) 2:16:44

>>30
女だよ

33 :名無しにかわりましてVIP :2007/07/26(木) 2:18:09

>>32
ﾄﾝ　パンツ脱いだ

34 :名無しにかわりましてVIP :2007/07/26(木) 2:18:55

風邪引くぞ

35 :名無しにかわりましてVIP :2007/07/26(木) 2:21:14

pgr

36 :名無しにかわりましてVIP :2007/07/26(木) 2:27:02

謎ってどういうことだよ実際
これが謎??ここに行ったら金あんのか

37 :名無しにかわりましてVIP :2007/07/26(木) 2:30:01

ｸｿｽﾚ決定

38 :名無しにかわりましてVIP :2007/07/26(木) 2:31:53

これを特定白ってか　有志頼んだ

39 :名無しにかわりましてVIP :2007/07/26(木) 2:33:50

場所わかったら起こして

40 :名無しにかわりましてVIP :2007/07/26(木) 2:34:03

パンツ履いた

41 :名無しにかわりましてVIP. :2007/07/26(木) 2:39:13

特定つっても、地元民とかじゃなきゃわからんだろ、これだけだと・・・・
そうじゃなきゃ透視でもすんの?

42 :名無しにかわりましてVIP :2007/07/26(木) 2:43:20

1は「わかる人にはわかる」としか言ってない
つまり地元民にはすぐわかるという意味だったのかも・・・・?!

43 :名無しにかわりましてVIP :2007/07/26(木) 2:43:44

以下ラーメンスレ

44 :名無しにかわりましてVIP :2007/07/26(木) 2:44:11

ゴミじゃん

45 :名無しにかわりましてVIP :2007/07/26(木) 2:44:35

塩

46 :名無しにかわりましてVIP :2007/07/26(木) 2:46:10

>>1 の母親です。このたびはうちの馬鹿息子がこのような糞スレを立てて皆さんに大変な迷惑をかけてしまい申し訳ありませんでした。

47 :名無しにかわりましてVIP :2007/07/26(木) 2:48:43

横浜の家系

48 :名無しにかわりましてVIP :2007/07/26(木) 2:49:14

関東あたりかな

49 :1 ◆5G9z6K1EYI :2007/07/26(木) 2:55:12

さすがに一枚だけだとヒントとしても不十分かな
もうそろそろしたら二つ目のヒントを出してみる

50 :名無しにかわりましてVIP :2007/07/26(木) 2:55:59

>>48
九州じゃね

51 :名無しにかわりましてVIP :2007/07/26(木) 3:06:51

いや、そもそも何がしたいの???
暗号を解かせたいのか、それとも特定合戦をさせたいのか

52 :1 ◆5G9z6K1EYI :2007/07/26(木) 3:09:10

写真に写ってる場所を特定させたいわけじゃない
二つめのヒント

53 :名無しにかわりましてVIP :2007/07/26(木) 3:09:28

などと供述しており

54 :名無しにかわりましてVIP :2007/07/26(木) 3:10:54

だからわかんねーよ

55 :名無しにかわりましてVIP :2007/07/26(木) 3:14:21

事件?

56 :名無しにかわりましてVIP :2007/07/26(木) 3:18:34

ﾃﾞﾑﾊﾟ

57 :名無しにかわりましてVIP :2007/07/26(木) 3:20:17

せめてヒントの共通点とかさあ

58 :名無しにかわりましてVIP :2007/07/26(木) 3:24:11

今北産業

59 :名無しにかわりましてVIP :2007/07/26(木) 3:28:34

で結局俺らは何をすればいいんだ?
この場所を見つけるの?　そしたら賞金が
貰える?

60 :名無しにかわりましてVIP :2007/07/26(木) 3:31:32

蓋ですら倉敷という特大ヒントを最初から
用意していたというのに

61 :名無しにかわりましてVIP :2007/07/26(木) 3:31:59

>>58
意
味
不

62 :名無しにかわりましてVIP :2007/07/26(木) 3:33:12

やっぱ九州だろ

63 :名無しにかわりましてVIP :2007/07/26(木) 3:33:40

特定班ﾏﾀﾞｰ?

64 :名無しにかわりましてVIP :2007/07/26(木) 3:36:41

特定班が仕事したとして勇者がいるのか
どうか

65 :名無しにかわりましてVIP :2007/07/26(木) 3:39:03

>ある場所に謎が隠されました
>身銭切って賞金も用意したので、
>発見したVIPPERに譲ることにする

この言い方だと微妙に何がしたいのかわ
からん
「ある場所に賞金が隠されました」
「ある場所に謎が隠されました」なんだよ
な

66 :名無しにかわりましてVIP :2007/07/26(木) 3:48:33

われずください

67 :名無しにかわりましてVIP :2007/07/26(木) 3:52:50

>>65
ってことはその場所に行っても賞金もらえる
かは分かんないのか

68 :名無しにかわりましてVIP :2007/07/26(木) 3:58:18

解散

69 :名無しにかわりましてVIP :2007/07/26(木) 4:03:09

やっぱり場所見つける必要あんじゃん････
････

70 :1 ◆5G9z6K1EYI :2007/07/26(木) 4:15:10

三つめのヒント

71 :名無しにかわりましてVIP :2007/07/26(木) 4:40:21

九州のどこだろう　熊本?

72 :名無しにかわりましてVIP :2007/07/26(木) 4:48:59

あれ?

73 :名無しにかわりましてVIP :2007/07/26(木) 4:51:10

>>71
知ってんの?この場所

74 :名無しにかわりましてVIP :2007/07/26(木) 5:30:02

自演乙

75 :名無しにかわりましてVIP :2007/07/26(木) 5:37:01

急に暗くなったな

76 :名無しにかわりましてVIP :2007/07/26(木) 5:37:52

なんか不気味

77 :名無しにかわりましてVIP :2007/07/26(木) 5:43:50

事務所?　マンション?
とりあえず建物の中か

78 :名無しにかわりましてVIP :2007/07/26(木) 5:51:55

ここに行ってしまった人は・・・・・みたいなうひゃひゃオチだったりして

79 :名無しにかわりましてVIP :2007/07/26(木) 5:53:10

だとしたらもうちょっと難易度低くするんじゃない?

80 :名無しにかわりましてVIP :2007/07/26(木) 6:01:35

ちょくちょく意味深な書き込みあるのが不気味なんだが

81 :名無しにかわりましてVIP :2007/07/26(木) 6:02:00

つり

82 :名無しにかわりましてVIP :2007/07/26(木) 6:03:01

そもそも誰が撮ってんのこの写真
1か?にしては時間帯とか画質とかばらばらだけど

83 :名無しにかわりましてVIP :2007/07/26(木) 6:35:19

ってか制限とかないのか?
先着何人なのか、何時までやるのか、ヒントは幾つあるのか
終わりが見えないとどうしようもない

84 :1 ◆5G9z6K1EYI :2007/07/27(金) 1:03:30

四つめのヒント

85 :名無しにかわりましてVIP :2007/07/27(金) 1:07:21

>>82
画像検索してみたけど拾い画像とかではないっぽい、、、？

86 :名無しにかわりましてVIP :2007/07/27(金) 1:07:34

なんか気持ち悪くなってきた

87 :名無しにかわりましてVIP :2007/07/27(金) 1:18:52

熊本県の県南

88 :名無しにかわりましてVIP :2007/07/27(金) 1:20:29

昔事務所かなんかがあったの?

89 :名無しにかわりましてVIP :2007/07/27(金) 1:23:34

ねえさっきから変な書き込み多くない?

90 :名無しにかわりましてVIP :2007/07/27(金) 1:23:55

なんか受信してんのかおまえら

91 :名無しにかわりましてVIP :2007/07/27(金) 1:26:03

なにこれ、なんか場所が分かる気がしてくる
気持ち悪いから書きたくないけど

92 :名無しにかわりましてVIP :2007/07/27(金) 1:28:32

>>91
どゆこと

93 :名無しにかわりましてVIP :2007/07/27(金) 1:28:44

怖い

94 :名無しにかわりましてVIP :2007/07/27(金) 1:28:59

>>92
横からですまん、俺もなんか変な感じになってて
場所?文章?みたいな変ないめ0じが浮かんでくる感じになる

95 :名無しにかわりましてVIP :2007/07/27(金) 1:29:10

何?そういう企画?

96 :名無しにかわりましてVIP :2007/07/27(金) 1:32:21

鮫島事件気取りか

97 :名無しにかわりましてVIP :2007/07/27(金) 1:32:32

あー、そういう感じ、、、?

98 :名無しにかわりましてVIP :2007/07/27(金) 1:33:07

こういう時の結束感

99 :名無しにかわりましてVIP :2007/07/27(金) 1:33:59

そうならそうだって言って
なんで自分が分かる気がするのか分かんなくてほんとに怖くなってきた

100 :名無しにかわりましてVIP :2007/07/27(金) 1:36:11

釣り?悪ノリ?マジ?

101 :名無しにかわりましてVIP :2007/07/27(金) 1:39:29

え、マジで俺だけなの?

102 :名無しにかわりましてVIP :2007/07/27(金) 1:40:39

>>101
俺もなんか変なイメージが出てきてる
三枚目ぐらいから急に

103 :名無しにかわりましてVIP :2007/07/27(金) 1:44:32

謎解きスレかと思ったら電波スレだったでござる

104 :1 ◆5G9z6K1EYI :2007/07/27(金) 1:59:10

五つ目のヒント

105 :名無しにかわりましてVIP :2007/07/27(金) 2:01:10

[redacted]事務所

106 :名無しにかわりましてVIP :2007/07/27(金) 2:03:14

[redacted]の家？

107 :名無しにかわりましてVIP :2007/07/27(金) 2:04:48

わけわからん

108 :名無しにかわりましてVIP :2007/07/27(金) 2:07:21

熊本の[redacted]

109 :名無しにかわりましてVIP :2007/07/27(金) 2:09:27

やめて怖い

110 :名無しにかわりましてVIP :2007/07/27(金) 2:10:48

やばいなんか俺もそういう気がしてきた
全然変なイメージ湧いてるとかないのに
何これ

111 :名無しにかわりましてVIP :2007/07/27(金) 2:13:11

これマジで集団ヒステリーとかそういうの
じゃね

112 :名無しにかわりましてVIP :2007/07/27(金) 2:16:49

[redacted]ってどこ？

113 :名無しにかわりましてVIP :2007/07/27(金) 2:18:42

これってガセ？　マジ？

....
【霊感商法】インチキ霊能者について語る
Part3【マルチ】

[redacted]の事務所、昔うちの母も引っ掛かってま
した・・・・・・。
当時流行っていた霊能力者ブームにあや
かってか、一般人相手に霊感商法的なこと
をやっていた典型的な団体です。

うちに来た時も、透視によって失せ人を見
つけますとかなんとか言って、よくわかんな
いご高説を垂れていた覚えがあります。

結局何も結果出せなくてインチキ呼ばわり
されてるうちに、「こちらは身銭を差し出し
ているのに心外です」とか言って姿をくら
ましましたが。
あいつら、まだ活動していたんですね・・・
多少は活動を縮小しているらしいですが
....

114 :名無しにかわりましてVIP :2007/07/27(金) 2:19:10

つり

115 :名無しにかわりましてVIP :2007/07/27(金) 2:31:10

透視ってなんだよ

116 :名無しにかわりましてVIP :2007/07/27(金) 2:32:49

勝手にイメージが湧いてくるって言ってたやつはさすがに釣りだよな・・・?

117 :名無しにかわりましてVIP :2007/07/27(金) 2:35:41

いや、マジで知らないんだよその団体?
も[redacted]とかいう場所も
本当に、マジで

118 :名無しにかわりましてVIP :2007/07/27(金) 2:39:41

霊能者が霊視して行方不明者を探します
みたいなテレビあったなそういえば

119 :名無しにかわりましてVIP :2007/07/27(金) 2:42:14

え　ここがその事務所なの?

120 :名無しにかわりましてVIP :2007/07/27(金) 2:43:59

1はなんで何も言わないんだよさっきから

121 :名無しにかわりましてVI P:2007/07/27(金) 2:47:23

いや、今はさすがにその事務所は使われてないっぽい
むしろ廃墟になってて、あんまり近寄るな
みたいな雰囲気?なんだって
地方板住人情報だけど

122 :名無しにかわりましてVIP :2007/07/27(金) 2:48:54

廃墟か

123 :名無しにかわりましてVIP :2007/07/27(金) 2:53:24

そういえば今までにうpされてた写真って全部撮影したやつ違うっぽかったんだよな
肝試し?

124 :名無しにかわりましてVIP :2007/07/27(金) 2:55:42

>1

>[ある場所に謎が隠されました
>身銭切って賞金も用意したので、
>発見したVIPPERに譲ることにする
↑これって、「発見した」っていうのは「謎」を?それとも「場所」を?
あと譲るのが賞金っていうのはいいとして、
身銭ってどういうこと?

125 :1 ◆5G9z6K1EYI :2007/07/27(金) 2:58:18

彼らは全員どこへ行ってしまったのかな?

126 :名無しにかわりましてVIP :2007/07/27(金) 3:11:12

>>125
お前は何をしたいんだよ

127 :名無しにかわりましてVIP :2007/07/27(金) 3:12:37

スレ落とした方が良くね?

128 :1 ◆5G9z6K1EYI:2007/07/27(金) 3:13:12

[redacted]

六つめのヒント

129 :名無しにかわりましてVIP :2007/07/27(金) 3:13:20

つり

130 :名無しにかわりましてVIP :2007/07/27(金) 3:30:17

つり

131 :名無しにかわりましてVIP :2007/07/28(土) 1:01:28

つり

132 :名無しにかわりましてVIP :2007/07/28(土) 1:05:48

つり

133 :名無しにかわりましてVIP :2007/07/28(土) 1:07:12

つり

134 :名無しにかわりましてVIP :2007/07/29(日) 1:07:50

つり

135 :名無しにかわりましてVIP :2007/07/30(月) 1:09:10

つり

136 :名無しにかわりましてVIP :2007/07/31(火) 1:11:36

つり

137 :名無しにかわりましてVIP :2007/08/01(水) 1:14:04

つり

138 :名無しにかわりましてVIP :2007/08/02(木) 1:15:02

つり

139 :名無しにかわりましてVIP :2007/08/03(金) 1:15:57

つり

140 :名無しにかわりましてVIP :2007/08/04(土) 1:16:04

つり

Guru／グル

コンビニプリントにより公開されたデータを引用。

恐らくこれが読まれる頃には、この文章も何かの一部になっているのでしょう。しかし、せめて、こちらも文章を残しておかなければなりません。

紙媒体で印刷されたものであれば、少なくともこの紙に印刷されていることばが変わることはない。

周りのあらゆることが変わってしまったとしても、今、ここで、紙に書かれた情報に関しては、ひとりでに消えたり変化したりはしない。

だから今のうちに、私が伝えられるだけの情報を提供しておきます。今こうして考えながら書いていることなので、どこまで精確な文章にできるかは分かりませんが。

まず、こちらの文章を読んでください。

※加筆が確認された場所は転載者により**太字**で強調

【リビジョン1】

イルカになったまあちゃん

定期的にネット掲示板や匿名アップローダで出回っていたという、30秒程度の動画。初出の具体的な日時や、当該動画の具体的な撮影場所は不明。廃墟と思しき無人の団地の中庭或いは駐車場で、「まあちゃんはイルカになってしまいました」という言葉を発し続ける中年女性を、定点カメラで撮影している。

女性の口調は非常に平板なもの（いわゆる棒読み）で、その口調や表情などから感情を窺い知ることは難しい。


【リビジョン2】

イルカになったまあちゃん

定期的に**2ちゃんねる**や**Axfc Uploader**、**ぞくろだなど**で出回っていたという、30秒程度の動画。初出の具体的な日時や、当該動画の具体的な撮影場所は不明。廃墟と思しき無人の団地の中庭或いは駐車場で、「まあちゃんはイルカになってしまいました」という言葉を発し続ける中年女性を、定点カメラで撮影している。

女性の口調は非常に平板なもの（いわゆる棒読み）で、その口調や表情などから感情を窺い知ることは難しい。

終盤、同様の発言を続ける女性の背後、団地の一階にあるひとつの窓いっぱいに、乳白色でひどく目の離れた人間の顔が映り込み、動画は終了する。

【リビジョン3】

イルカになったまあちゃん.avi

定期的に2ちゃんねるやAxfc Uploader、ぞくろだなどで出回っていたという、30秒程度の動画。初出の具体的な日時や、当該動画の具体的な撮影場所は不明**であるが、周囲の暗さなどから夕方或いは夜のはじめごろだと思われる。**廃墟と思しき無人の団地の中庭或いは駐車場で、「まあちゃんはイルカになってしまいました」という言葉を発し続ける中年女性を、定点カメラで撮影している。

女性の口調は非常に平板なもの（いわゆる棒読み）で、その口調や表情などから感情を窺い知ることは難しい**が、「見ているとなぜか焦燥感／恐怖感を覚える」などと話す人が一定数存在する。**

終盤、同様の発言を続ける女性の背後、団地の一階にあるひとつの窓いっぱいに、乳白色でひどく目の離れた人間**らしきものの顔が映り込み、動画は終了する。**

【リビジョン4】

イルカになったまあちゃん.avi

定期的に2ちゃんねるやAxfc Uploader、ぞくろだなどで出回っていたという、30秒程度の動画。初出の具体的な日時や、当該動画の具体的な撮影場所は不明であるが、周囲の暗さなどから夕方或いは夜のはじめごろだと思われる。廃墟**となった**無人の団地の**中庭**で、「まあちゃん**も**イルカになってしまいました」という言葉を発し続ける中年女性を、定点カメラで撮影している。

女性の口調は非常に平板なもの（いわゆる棒読み）で、その口調や表情などから感情を窺い知ることは難しいが、「見ているとなぜか焦燥感／恐怖感を覚える」などと話す人**と、「全く怖くない、意味不明な動画」と話す人の両方**が一定数存在する。

終盤、同様の発言を続ける女性の背後、団地の一階にある**いくつか**の窓いっぱいに**跨るように**、乳白色でひどく目の離れた人間らしきものの顔が映り込み、動画は終了する。

【リビジョン5】

イルカになったまあちゃん.avi

定期的に2ちゃんねるやAxfc Uploader、ぞくろだなどで出回っていたという、30秒程度の動画。**少なくともWinnyやP2Pが流行していた時代には動画の存在が知られていたとされる。**

初出の具体的な日時や、当該動画の具体的な撮影場所は不明であるが、周囲の暗さなどから夕方或いは夜のはじめごろだと思われる。廃墟となっ**てしまった**無人の団地の中庭で、「まあちゃんもイルカになってしまいました」という言葉を発し続ける中年女性を、定点カメラで撮影している。

女性の口調は非常に平板なもの（いわゆる棒読み）で、その口調や表情などから感情を窺い知ることは難しいが、「見ているとなぜか焦燥感／恐怖感を覚える」などと話す人と、「全く怖くない、意味不明な動画」と話す人の両方が一定数存在する。

これは、当時に「死霊（エネミィー・ピリン）[1]」の動画や「硬化（アップロード者不明）」のGIFなどの詳細不明の不気味な動画が、ネット掲示板や個人サイトを中心に流行していたためであろうと思われる。

終盤、同様の発言を続ける女性の背後、団地の一階にあるいくつかの窓いっぱいに跨るように、乳白色でひどく目の離れた人間らしきものの顔が映り込み、動画は終了する。

---

1 **動画内で言及される「十万人にありがとう、もれなくギロチンプレゼント」という文言でも知られる**

【リビジョン6】

イルカになったまあちゃん.avi

定期的に2ちゃんねるやAxfc Uploader、ぞくろだなどで出回っていたという、30秒程度の動画。少なくともWinnyやP2Pが流行していた時代には動画の存在が知られていたとされる。

初出の具体的な日時や、当該動画の具体的な撮影場所は不明であるが、周囲の暗さなどから夕方或いは夜のはじめごろだと思われる。廃墟となってしまった無人の団地の中庭で、「まあちゃんもイルカになってしまいました」という言葉を発し続ける中年女性を、定点カメラで撮影している。

女性の口調は非常に平板なもの（いわゆる棒読み）で、その口調や表情などから感情を窺い知ることは難しいが、「見ているとなぜか焦燥感／恐怖感を覚える」などと話す人と、「全く怖くない、意味不明な動画」と話す人の両方が一定数存在する。

これは、当時に「死霊（エネミィー・ピリン）[1]」の動画や「硬化（アップロード者不明）」のGIFなどの詳細不明の不気味な動画が、ネット掲示板や個人サイトを中心に流行していたためであろうと思われる。

終盤、同様の発言を続ける女性の背後、団地の一階にあるいくつかの窓いっぱいに跨るように、乳白色でひどく目の離れた人間らしきものの顔が映り込み、動画は終了する。

なお、「まあちゃん後半含む.avi」という42秒の動画も、動画交換用掲示板「Magic country（通称まじかん）」においてサムネイルのみ確認されている。

1 動画内で言及される「十万人にありがとう、もれなくギロチンプレゼント」という文言でも知られる

明確におかしいと思ったのがいつからなのかは、定かではありません。私はネット上でページ作成や編集を行うことができるウィキのようなページを運営しており、特にオカルトや都市伝説に関する情報を広く集めていました。例えば「検索してはいけない言葉wiki」では、新たな「言葉」のページを新規作成して説明文とともに匿名で掲載することが可能ですが、当サイトではそうしたことがあらゆるネットロアで可能であった、という認識で問題ないと思います。

そうしたユーザ投稿サイトの性質上——例えばアトムやホラーテラーがそうであったように、運営が少し目を離した隙に荒らしページが作られることは日常茶飯事でした。

「死ね」というタイトルのみで本文が一文字も書かれていないページや、有名なコピペの設定を一言二言だけ改変しただけの「新作記事」など。あからさまに空虚なページはできる限りこまめに削除していましたが、逆に言えば微に入り細を穿つような校正を各記事に施すことはできませんでした。

要は、記事の体裁を成しており、ある程度の情報量が認められる記事であれば、信憑性に拘らず一応は残しておく。そういった運営方針を取っていました。都市伝説やネットロアの「信憑性」を論じるときほど面倒な時間はありませんから、そうしてある程度の折り合いをつけておく必要があったのです。

そんなあるとき、ウィキ管理者への問い合わせフォームに、ある記事に関する連絡が届きました。それは「イルカになったまあちゃん.avi」というタイトルの記事に関するもので、そこに紹介されている事象やソースを基にどれだけ検索しても、元情報が見つからない、というものでした。

その記事を通読してみると、（匿名のネット記事にしては、ですが）ある程度客観的な記述がなされており、一見すると情報の瑕疵などは見つからないように思えました。

しかし、まず「イルカになったまあちゃん.avi」という動画は、一切の実在が確認できませんでした。

さらに、よく読んでみると、その他にも記事の所々におかしな「嘘」が紛れ込んでいるのです。

例えば、類似の事例として挙げられている「死霊（エネミィー・ピリン）」は嘗て実在したサイトや動画群として知られているのですが、「硬化」なる動画やサイトには全く覚えがありませんでした。

こういうサイトを運営している関係上、人よりも遥かに多くのネットロアを知っていて、仮に知らなかったものであっても、それを調べるノウハウはそれなりにある筈なのに。

また、2ちゃんねるやAxfc Uploader（通称斧ロダ）は実在が確認できるのですが、「ぞくろだ」という俗称で使われていたツールやアップローダは、現存するどのサイトや掲示板でも確認できませんでした。

正直なところ、「ネット上に全く情報のない都市伝説」が掲載されること自体は、それほど珍しいことではありません。個人の記憶にのみ残っている不思議な出来事でもネットロアにはなり得ますし、もし単に架空の都市伝説を紹介する記事が作成されたとしても、恐らく私は内容が面白ければリジェクトはしなかっただろうと思います。

しかし。その記事は、単に虚偽のネットロアを紹介するのではなく、虚偽の傍証を紛れ込ませた本文をもとにして、虚偽のネットロアを紹介していました。その構造が何となく、気持ち悪かったのです。

うまく言えないのですが——「虚偽のネットロア」を囮にして、その前提となる「虚偽の傍証」の方を、違和感なく信じさせようとしているような。

本当は後者を信じさせるのが主目的ではあるのだけれど。敢えて「あからさまに大きな嘘」に注目させて、その前提となる小さな嘘だけでも——逃がそうと、しているような。そんなイメージが湧いたのです。

単なる事実の捏造ではなく、既成事実の捏造が、行われていました。

とりあえず私は、この記事の作成者を特定しようとしました。ページの管理権限は運営者である私にあり、リビジョン（編集履歴）もこちらで確認することができました。そのため、同一ユーザが同じようなページを幾つも作成していたとしたら、今後のことを考え、何らかの処置を施す必要が出てきます。

そして表示されたのが、あの編集履歴でした。リビジョンはその時点で6まであり、つまり「リビジョン1（新規）」のページが作成されてから、五回の加筆修正が行われていることを示しています。

私は、そこに表示されている情報を見て、愕然としました。

すべての記事編集が、それぞれ違うユーザによって行われていたのです。存在しないネットロアに関する記事の、存在しない傍証を含む説明文を、全く違うユーザが各々で詳細に加筆しあって完成したのが、あの記事でした。

勿論、加筆時のＩＰアドレスなどを変更することで、同一人物が複数のユーザを装った加筆をすることも可能ではあります。しかし、いち一般人が運営する小さなウィキの片隅にあるひとつの記事に対して、そこまでの匿名化を施すとは考えづらいでしょう。

仮にそんなことをする特定のユーザがいたとしても、そんな架空記事を作成することの不可解さが軽減するわけもありません。

しかも、その時点で最後の編集、つまりリビジョン6でなされた加筆では。

なお、「まあちゃん後半含む.avi」という42秒の動画も、動画交換用掲示板「Magic country（通称まじかん）」においてサムネイルのみ確認されている。

このように線が引かれており、その部分に施されたハイパーリンクから、「Magic country（通称まじかん）」という匿名掲示板の説明記事に遷移できるようになっていました。そして、そこで説明されている「Magic country（通称まじかん）」という掲示板も、現状では存在が確認できていません。

こんなことは日常茶飯事であるはずなのに、とても怖くなってしまったのです。

世間で出回っているネットロアは、どこからどこまでが、事実性（事実ではなく事実性）に基づいているものなのでしょうか。その事実性の保証は、誰が何に基づいて行ってくれるのでしょうか。

事実性を保証してくれるものは——参照可能な一次ソースの存在でしょうか。だとしたら、もう参照手段が存在しないパソコン通信時代の噂などは、そもそもネットロアとして「存在しない」ことになってしまいます。

では、それを「記憶している人」の存在でしょうか。例えば村の古老が口伝えで伝承する噂のように、それを記憶し伝える人の存在が確認できれば、その噂は一応の事実性を担保されるのでしょうか。

でも。さきほど少し調べてみて気付いたのですが、

そうしたユーザ投稿サイトの性質上——例えばアトムやホラーテラーがそうであったように、運営が少し目を離した隙に荒らしページが作られることは日常茶飯事でした。

私が「過去に存在したホラー投稿サイト」として思い出せるものを列挙したこの文章。「ホラーテラー」は確かにかつての実在が確認できたのですが、「アトム」はどこを探してもログが見つかりませんでした。

書きながら、とても混乱しています。でも書くしかありません。確かに私の記憶にはあったのです。「創作怪談投稿 アトム」というヘッダーと、黒背景に赤文字と白文字で構成されたテキストサイト。

ユーザが自由に感想コメントを残すことができたから、秀逸なホラー作品には幾つもの感想が残されていて、それを読みながら交流するのが楽しくて、実際当時の洒落怖スレにも、それこそホラーテラー初出の「禁后」や「リアル」が転載されたように、幾つかの代表作が転載されて沢山のレスが付いていたはずです。

「車と鳩」や「誰かの両手」、「フレア」などの名作が生まれて、私も何度も読み返したはずなのですが、今これらの作品ログを検索するのが私はとても怖いのです。もしこれらが全部存在しないとしたら、私はどうすればいいのでしょうか。いや、どうしようもないのでしょうか。これまでのネットロアがずっとそうだったように、嘘も本当も存在しない世界を、これからも傍観していくしかないのでしょうか。

話が逸れました。申し訳ございません。

私は、これからも生まれ続けるであろう幾つもの怪談が、それらが生まれ続けるであろうことそれ自体が、とても怖くなってしまって、だからこの文章を書いています。

恐らくこれが読まれる頃には、この文章も何かの一部になっているのでしょう。しかし、せめて、こちらも文章を残しておかなければなりません。

紙媒体で印刷されたものであれば、少なくともこの紙に印刷されていることばが変わることはない。

周りのあらゆることが変わってしまったとしても、今、ここで、紙に書かれた情報に関しては、ひとりでに消えたり変化したりはしない。

だから今のうちに、私が伝えられるだけの情報を提供しておきます。この状況をどうにかしてほしいからとかではありません。これを拡散することに何らかの呪術的な意味があるからとかでもありません。

私だけがこの恐怖を抱えていることに耐えられないからです。

Heuristics／抜け落ちた参照項目

３日に一度ほどのペースでロアが更新されていた、とあるＷＥＢサイトがある。
つねにすでに、という名前のそのサイトには、更新のたびに少しずつ人が集まっていた。

しかし。

７篇が公開され、８篇目の更新日にサイトを開くと——
それまでの更新データが全て削除されていた。
残されたのは、１ページ分のお知らせだけ。

一体、このサイトは何の理由で公開され、そして削除されたのだろうか。

お知らせ

本サイトに掲載していた複数の怪談は、
一時的に公開を停止しています。
再アップロードの準備が完了するまで、
暫くお待ちください。

Season 2
“InterrelationshiP”

とあるサイトについて公開された動画

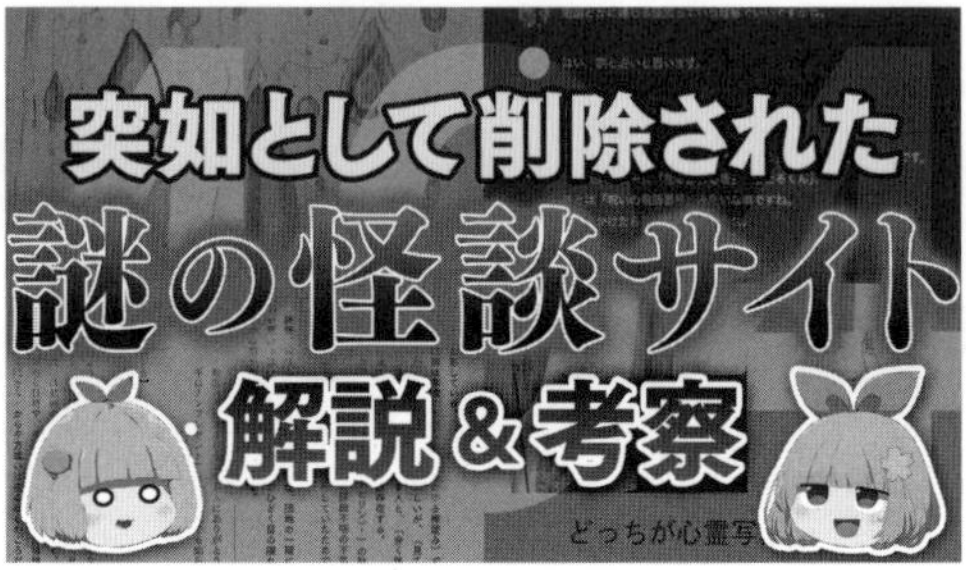

元URL:［削除］

元タイトル:【ゆっくり解説】トラブル？演出？突如として公開終了したホラーサイト「つねにすでに」を勝手に解説してみた【怪談】

元動画アップロード日: 2024/05/11

桜　みなさん、こんにちは。闇夜の怪談解説チャンネル「DARKNESS INFO」、管理人の桜です。

橘　進行の橘だぜ。

桜　さて、突然だけど、橘。あなたは怪談や怖い話は得意かな？

橘　本当に突然だな……。あまり得意じゃあないかもな。この動画でも散々、色々な怖い話を聞かされたが、未だに慣れないいんだぜ。

桜　あら、そんなあなたに朗報よ。ここ最近に一部で話題になった、とある怪談話があるの。

橘　おい、結局怖い話じゃねえか！

桜　まあ聞いて。今回の話は今までみたいに過去の名作や都市伝説じゃなくて、今まさに起こっている出来事に関するものなの。

橘　今まさに起こっていること……？　なにかの事件とかなのか？

桜　いや、事件というほど大きな話ではないわ。この話自体、かなり局所的にしか知られていないから、情報もそれほど集まっていないんだけどね。

橘　ほうほう、詳しく聞かせてくれ。

桜　これは、とあるサイトで突如として掲載された、謎の怪談話であると言われているわ。音声記録、スクリーンショット、画像などなど、媒体に違いはあるものの、すべてが短いホラー制作物である点に関しては、共通しているといえそうね。

橘　なるほど、ホラーか。つまり掌篇小説みたいな感じなのか？

桜　いえ、必ずしもそういうわけではなくて。
橘　え？
桜　例えば、このスクリーンショットは当時この怪談を追っていた有志の視聴者から提供されたものなんだけど。
橘　なんだこれ、なんだか気持ち悪いな……。心理テストか何かか？
桜　それも詳細は一切不明よ。これは通称〝Diagram〟という短篇でこの話に関しては全篇がこういったフォーマットの画像で進行していくというつくりなの。
橘　はあ？　それ、掌篇小説というか、そもそも掌篇って言えるのか？　文章どころか、地の文すらないじゃねえか。

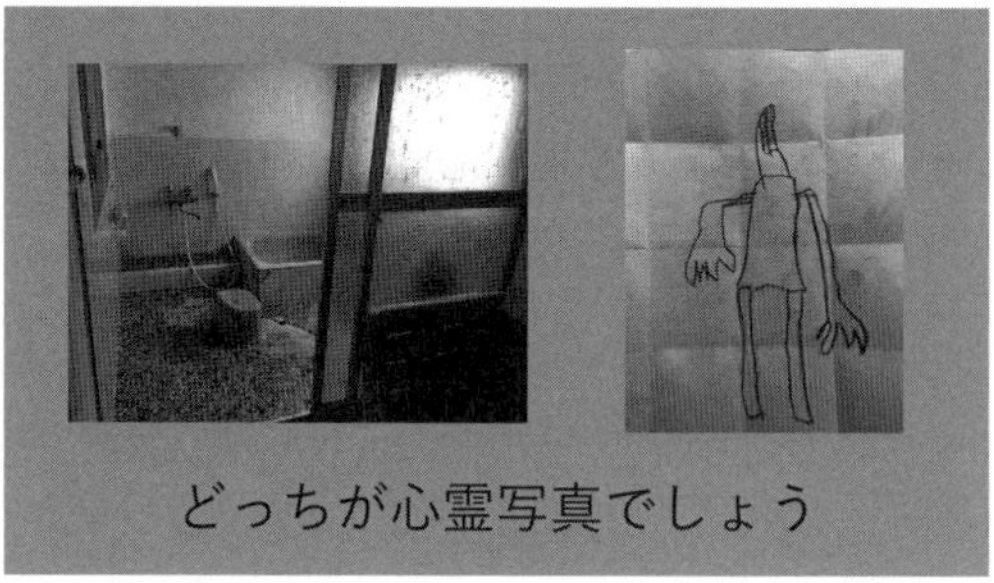

桜　だから私も「小説」ではなくて「短いホラー制作物」という言い方をしていたの。当時この文章を追っていた人の話だと、実験記録の論文のような体裁をとっていたものや、ブログ記事をそのまま貼り付けていたようなものとか、そもそも文章ですらないものも多かったらしいから。

橘　うーん、まったく意図が掴めないんだぜ。

桜　そうよね、私も同じよ。ここに掲載されていたものの多くは、それらが怖い話や不思議な話であるという共通点以外の表立った特徴を持たないの。

橘　うんうん。あれ、ちょっと待ってくれ。

桜　どうしたの？

橘　いま、「ここに掲載されていた」って表現をしていたけど、それはどういうことなんだ？　もう今は見れないってことか？

桜　いい質問ね。その通り、現時点では、ここに挙げられている制作物、さっき話題に出した〝Diagram〟を含めて、インターネット上に挙げられていた作品のすべては、突如として削除されていて。もう、元のページを見ることができなくなっているの。

橘　ええ？

桜　そうよね。私もこれを目にしたとき、流石に面食らったわ。私も元々これを知っていたわけではなくて、視聴者からすでに消えたサイトの存在を教えられた立場だから、積極的に追っていたというわけではなかったのだけど、でも実際に当時のページがほぼすべて消えていること自体は紛れもない事実なの。

橘　……ということは、もうそれをサルベージして、もう一度見る手段はないってことなのか？

桜　一応、さっき視聴者から提供されたスクリーンショットみたいに、当時のサイトの一部が色々な形で保存されている可能性があるわ。だから、その時のコンテンツがこれから発掘されることがあれば、なんとか当時の状態を断片的に再現することはあるかもしれない。

橘　なるほど、断片的な情報しか今は残っていないわけか。

桜　ええ。これらの話が最初に公開された日自体がとても最近だったから、例えば昔の検索してはいけない言葉がWayback Machineで見られるみたいに、いわゆる魚拓を取ろうとする人も少なくて。少なくとも、削除されてしまったすべての情報のサルベージは、絶望的と言って間違いないと思うわ。

橘　……なるほど。にしても、なんで突然に削除なんてしたんだろう？

桜　理由は色々と考えられると思うわ。それまで精力的に更新して話題を集めていた怖い話が突然に更新を停止し、ほどなくして急に削除されるという例は今までにも幾つかあるから。まあ、これは怪談に限った話ではないけど。単純にモチベーションの低下とか、或いは掲載を続けることによる不都合、例えばサーバの料金を払えなくなったとか、そういう理由ね。

橘　確かに、個人サイトとか同人でやってる制作物なら、更新の頻度や規則性は読めないもんな。突然に一身上の都合で更新が止まってもおかしくはないか。

桜　そうね。これが、今回も一番考えられる理由だと思っているわ。ただ……

橘　ただ？

桜　このサイトに限っては、単純にサイト掲載が続けられなくなったとか、そういう理由だとは言い切れない可能性もあるの。

橘　どういうことだ？

桜　このサイトが更新を停止する少し前。ホラー制作物としては恐らく最後に掲載された怪談に、〝Guru〟というものがあって。

橘　……グル？

桜　そう、グル。「指導者」とか、或いは「グルになる」とか、原義としてはそういう意味ね。この〝Guru〟という短篇、実は厳密にはインターネット上で掲載されたものではなく、コンビニのプリント機能を使って拡散されたものなの。

橘　ほうほう、つまり読者がコンビニに行って紙そのものを印刷できるってことか。

桜　そういうこと。このサイトに突如として英数字の羅列が掲載されて、それがコンビニプリントのパスワードであることに気付いた読者たちは、何人もその印刷を行ったとされているわ。

橘　ほう。そこには一体、何が書いてあったんだ？

桜　それまでの怪談と同じように、数千字程度の短い掌篇が出力されたそうよ。ただ、その掌篇の書き振りが少しだけ特殊で……まるで読者に向けて手紙を書いているような、そんな書き方だったそうなの。

橘　読者……というのは、その物語世界における読者、ってことか？

桜　いえ、そのままの意味よ。つまり、そのコンビニプリントで印刷をした、この現実世界における読者、という意味ね。

橘　なるほど、本当の意味で読者に向けた怖い話、という設定だったのか。

桜　恐らく、そういうことになるわね。その話の舞台は、とある都市伝説紹介ウィキなの。大まかな内容としては、そのウィキの中に、さも以前から知られていたもののように、本当は存在しない都市伝説が幾つも加筆されて紛れ込んでいた、といったものね。

橘　なるほど、いわばフェイクニュースみたいなものか。

桜　そうね。ニュースならまだしも、そこで偽造され拡散されているのはただのネットロアだから、なぜそんなことをする必要があるのかが全く意味不明で不気味だった……と、作中で語られているわ。

橘　確かに、そんなことをするメリットも目的も見えないんだぜ。

桜　例えば、これは実際にコンビニで印刷された文章なんだけど。

橘　これが、例のウィキページの引用部分ってことだな。

桜　例えば、この「死霊」はあなたも分かるわよね？

橘　ああ。ふたりの女性が不気味な笑い声をあげながら、「10万人にありがとう」なんてメッセージを残している動画だよな。

桜　そう。でも、その下に掲載されている「硬化」というGIF画像、こちらに見覚えはあるかしら。

橘　……いや、聞いたこともないんだぜ。

桜　そうよね。私も全く分からなかったわ。このように、所々に嘘の情報が紛れ込んだネットロアが、ある既存の情報を改変しながらどんどん加筆されていったらしいの。その記事の顛末を記したのが、この〝Guru〟という話だと思われるわ。

橘　へえ。創作としても気味が悪い話なんだぜ。

桜　でも。

橘　でも？

桜　その〝Guru〟という話の前までに公開されていたものの中にも、似たような特徴が散見されたという話があるの。

橘　……どういうことだ？

桜　これは、〝Channeling〟という題名の、チャットの会話ログを模した話の中で、「電話に纏わる怪談」の類例について話をしている場面よ。

橘　ほうほう。怪人アンサー、さとるくん、呪いの電話番号……、あれ、「花の割れる音」ってなんだ？

桜　そう。それまでの三つの怪談は実在が確認されているんだけど、「花の割れる音」なる怪談やネットロアは、どれだけ探しても見つからないの。ちなみに作中では、これがSkypeに纏わる話であることが示唆されているわね。

橘　まさしく〝Guru〟で言及されていた、ネット上の文章の不可解な改変がそれまでの話にも起こっていた可能性があるってことか。

桜　そういうこと。そして、少なくとも私の考えだけど、これはあまり好ましくないことなのではないか、という予想をしているわ。

橘　なんでだ？

桜　これは、〝Guru〟のいちばん最初に掲載されていた文章なんだけど。「紙媒体で印刷されたものであれば、少なくともこの紙に印刷されていることばが変わることはない。周りのあらゆることが変わってしまったとしても、今、ここで、紙に書かれた情報に関しては、ひとりでに消えたり変化したりはしない。だから今のうちに、私が伝えられるだけの情報を提供しておきます」

橘　これは……。

桜　そう。まるで、インターネット上にあったウェブページをはじめとする色々な情報が、あのウィキに掲載されていたネットロアと同じように「書き変わってしまう」ことを危惧しているように思えてこない？　なぜそんなことをしているのかも、そもそもなぜ幾つもの「改変」が起きているのかも、全く分からないんだけど。

橘　……なるほど。

桜　もしかしたら、これからも色々な情報が出てくるのかもしれないわ。なぜこんな情報が公開され、そして削除されたのか。或いは、一切詳細情報が見つからないネットロアが、具体的にどういうものなのか。勿論、それすらも、新しく加筆された嘘の情報である可能性もあるけど。

橘　それって……。

桜　そう。さっき話題に出した、あのウィキの記事みたいにね。以上が、今回紹介する怖い話の内容よ。

橘　視聴者の皆さんの中で、もしこの話の詳細やログを知っている人がいたら、ぜひ教えてほしいんだぜ。

桜　こちらも、アーカイブも兼ねて、現時点で有志から集まっているスクリーンショットなどを共有しておくわ。

橘　それでは、今日はこの辺りで動画を終わりにするんだぜ。

桜　ご視聴ありがとうございました。

橘　ご視聴ありがとうございました。

なお、この動画の終わりに表示された複数枚の画像のうちいくつかには、「この画像を見た覚えがない」という視聴者の声が散見された。

Jukebox／かつて公開された音声

〈字幕〉これは、かつて公開された音声です。

〈字幕〉1．つつじのきれいな坂を歩いている音

説明：昔有名だった動画の冒頭に流れていた

（音声：小鳥のさえずり、土の上を歩く靴音）

元URL：不明
元タイトル：不明
元動画アップロード日：不明

〈字幕〉2．怪談の音声を録音している音
説明：通称「ゆっくり怪談」の録音データの一部
（音声：「Archive」と同一のものと思しき合成音声。音声は著しく劣化している）

〈字幕〉3．迷路の家の音
説明：迷路をさ迷う愚かな人の叫び声
（音声：恐慌状態の男性が、叫びながら逃げ惑うような音）

〈字幕〉4．花の割れる音
説明：昔はそれで花が咲くと本気で信じられていた
（音声：男性が何かを嘔吐する音。その後ろでは、単調なメロディが流れ続けている）

〈字幕〉かつて公開された音声でした

→ Yay you made it, **ふみやん**!
04/24/2024 4:06AM
Wave to say hi!

m.t 04/24/2024 4:07 AM
とりあえず鯖立てた

ふみやん 04/24/2024 4:08 AM
t k x

m.t 04/24/2024 4:08 AM
何がいるかな

ふみやん 04/24/2024 4:09 AM
基本ROMと情報蓄積だろうし、テキストチャンネルとは別にURL共有チャンネルが欲しいかも

m.t 04/24/2024 4:09 AM
じゃあ一般をリネームして考察用にするか。共有は別チャンネル立てとくわ
なんか希望ある?名前の

ふみやん 04/24/2024 4:10 AM
名前とかは何でもいい

m.t 04/24/2024 4:09 AM
了解

ふみやん 04/24/2024 4:10 AM
分散しすぎてもめんどいし

m.t 04/24/2024 4:14 AM
「つねにすでに-一般」にリネームして、「つねにすでに-共有」を作った。
あと、挨拶とお知らせのチャンネルもとりあえず作っておいた

ふみやん 04/24/2024 4:15 AM
ありがとう～

m.t 04/24/2024 4:16 AM
今までのって要る?

ふみやん 04/24/2024 4:16 AM
なにが

m.t 04/24/2024 4:16 AM
LINE とかで、話してた分のテキスト

ふみやん 04/24/2024 4:17 AM
あー、別に大したこと書いてないしいいよ。どうせいつでも見れるんだし

m.t 04/24/2024 4:17 AM
そうね

ふみやん 04/24/2024 4:18 AM
じゃあとりあえず、共有にサイトのリンク貼った

m.t 04/24/2024 4:97 AM
りょ

ふみやん 04/24/2024 4:20 AM
じゃ今後の考察とかはここで～

m.t 04/24/2024 4:20 AM
OK

—————— **May 2, 2024** ——————

m.t 05/02/2024 5:03 AM
そういえば、最初の方にこっくりさんの話あったじゃん

ふみやん 05/02/2024 5:08 AM
チャネリング?

m.t 05/02/2024 5:09 AM
そう、C のやつ

ふみやん 05/02/2024 5:09 AM
うん

m.t 05/02/2024 5:09 AM
あれってスクショ的にはDiscord っぽかったよな

ふみやん 05/02/2024 5:10 AM
そうね

m.t 05/02/2024 5:11 AM
ああいうことって出来るもんなん?実際に

ふみやん 05/02/2024 5:12 AM
ああいうことっていうのは、どれのこと

m.t 05/02/2024 5:13 AM
AIとかでbot組んで、質問を返してくれるみたいな機能

ふみやん 05/02/2024 5:14 AM
discordにbot 呼び出せるし、できないことはないと思う

m.t 05/02/2024 5:14 AM
はえー
例えばさ、架空の人格をインストールさせて、ウミガメのスープみたいに

ふみやん 05/02/2024 5:15 AM
うん

m.t 05/02/2024 5:16 AM
なんか質問したら、その知識に沿って答えてくれるみたいな

ふみやん 05/02/2024 5:19 AM
それっぽいのは作れるんじゃない?
でも完全に答え方を制御するのは難しいと思う

m.t 05/02/2024 5:20 AM
再現性がってこと? 質問の仕方が違うと全然違う答えが出るとか

ふみやん 05/02/2024 5:22 AM
それもだし、AI 的なやつにそういうフリーな感じで答えさせると、あいつら平気で嘘ついてくるから

m.t 05/02/2024 5:21 AM
そんなことあんの？

ふみやん 05/02/2024 5:22 AM
少なくとも、厳密に決めた情報を会話の中で喋らせるのは結構難しい、と思う

m.t 05/02/2024 5:23 AM
そうなんだ

ふみやん 05/02/2024 5:23 AM
この答えとこの情報が矛盾してる！ みたいになるから。しかもその矛盾を指摘したら更に嘘ついてくるし

m.t 05/02/2024 5:26 AM
こわ
虚言癖じゃん

ふみやん 05/02/2024 5:27 AM
だから、イマーシブとかマダミスみたいに「登場人物として自由に矛盾なく会話できるよ！」はたぶん無理

m.t 05/02/2024 5:27 AM
なるほどね

ふみやん 05/02/2024 5:28 AM
ハルシネーションって概念があって、この辺はめんどくさいから各自調べて

m.t 05/02/2024 5:29 AM
急に説明ぶん投げられた
逆にそれも面白いかもね

ふみやん 05/02/2024 5:29 AM
なにが

m.t 05/02/2024 5:30 AM
自由に質問したら、その答えが矛盾込みで返ってくるbot。その矛盾を強引に解決する出来事が現実世界で起きまくる
ふみやん 05/02/2024 5:31 AM
現実改変モノのホラーか何か？

May 8, 2024

ふみやん 05/08/2024 3:26 AM
あれ
見えてる？ いまの

m.t 05/08/2024 3:38 AM
なにが

ふみやん 05/08/2024 3:40 AM
サイトのリンク

m.t 05/08/2024 3:41 AM
あれ

ふみやん 05/08/2024 3:43 AM
なんか全部消えてる

m.t 05/08/2024 3:43 AM
本当だ
なんで？

ふみやん 05/08/2024 3:45 AM
どういうこと、そういう演出なん？

m.t 05/08/2024 3:46 AM
魚拓撮ってたりしてる？

ふみやん 05/08/2024 3:47 AM
ない...

m.t 05/08/2024 3:49 AM
どっかに昔のスクショ上げてる人とかいないかな

ふみやん 05/08/2024 3:50 AM
twitterで探してみるわ

m.t 05/08/2024 3:52 AM
なんか見つけたら貼っとこうか

ふみやん 05/08/2024 3:52 AM
そうするか

m.t 05/08/2024 3:54 AM
なんか嫌な感じがする。予感というか、なんか怖いことになりそう

May 15, 2024

ふみやん 05/15/2024 4:25 AM
あれ、また上がった

m.t 05/15/2024 4:38 AM
動画？

ふみやん 05/15/2024 4:46 AM
アーカイブしてた人いたんだ。
いや、でもだとしたらおかしいか。
「削除された情報を非公式でサルベージした」って動画を公式で上げるわけないし、じゃあこれも仕込み？
マジで読者がアップロードしたやつを公式が補足しただけだったりして

m.t 05/15/2024 4:58 AM
怖すぎて草 なんの公式だよ

ふみやん 05/15/2024 5:16 AM
あのサイトで怪談上げ続けてる公式がさ

m.t 05/15/2024 5:16 AM
もはや参加型とかでもないじゃんそれ

ふみやん 05/15/2024 5:22 AM
ちょっと待って、この動画の最後の方の奴って見覚えある？

m.t 05/15/2024 5:22 AM
どれ

ふみやん 05/15/2024 5:22 AM
「例題」の画像

m.t 05/15/2024 5:23 AM
あ、本当だ
いや見てない

ふみやん 05/15/2024 5:27 AM
どっか気付かないうちに上がってたの？

m.t 05/15/2024 5:27 AM
知らん……

May 17, 2024

ふみやん 05/17/2024 3:11 AM
やっぱおかしいってこれ

m.t 05/17/2024 3:12 AM
だよな

ふみやん 05/17/2024 3:14 AM
「花の割れる音」の音声とかどこにも載ってなかっただろ

m.t 05/17/2024 3:16 AM
なんでこんなの上がってんの
誰か作った？

ふみやん 05/17/2024 3:18 AM
作ったにしてもおかしくない？
やっぱ公式が仕込んでんじゃないかな

m.t 05/17/2024 3:22 AM
やっぱそうなんかなー

May 20, 2024

m.t Today at 2:40 AM
あれ、なんかチャンネル増えてない？

ふみやん Today at 2:41 AM
え、これお前が作ったやつじゃないの

m.t Today at 2:41 AM
違うよ なんかへんなbotも入ってるし
何、そういう荒らし？

→ Yay you made it, **ふみやん!**
kaerusann2471 Today at 2:57 AM

ふみやん Today at 2:57 AM
通知が

→ Yay you made it, **ふみやん!**
ヨーグルグル Today at 2:58 AM

m.t Today at 2:58 AM
無理無理無理

ふみやん Today at 2:58 AM
もう知らん

m.t Today at 2:59 AM
え、ちょっと待って

とんかつ Today at 2:59 AM
あ

m.t Today at 2:59 AM
おい
DM 返せって
マジで
は?
なんで

ふみやん Today at 2:42 AM
バグ? なわけないか

m.t Today at 2:44 AM
不気味

ふみやん Today at 2:46 AM
え、ちょっと待って

m.t Today at 2:47 AM
え?

ふみやん Today at 2:47 AM
チャンネル見て 質疑応答のやつ
なんか返ってきた

m.t Today at 2:47 AM
え、どういうこと?

ふみやん Today at 2:48 AM
だからお前が作ったんじゃないの?
前にした話のときのさ、答えを返して
くれるbotみたいな

m.t Today at 2:49 AM
そんなこと出来るわけないじゃん

ふみやん Today at 2:50 AM
え、本当にどういうこと

m.t Today at 2:56 AM
このチャンネルが共有されてる

ふみやん Today at 2:56 AM
は?

m.t Today at 2:57 AM
なんで

ふみやん Today at 2:57 AM
おい、ほんとに冗談とかなら

m.t Today at 2:57 AM
ちょっと待って、知らんユーザ入って
きた

Lostandfound／探しています

動画が投稿されたとあるサイトの画像

まだ見つかっていない。

これはある雑誌のルポライターが、「地元の不思議なあれこれ」というテーマで一般人に取材を行っていた際、会話内容やジェスチャーなどを記録するために撮影した映像である。関係各社の了解をえてその映像をここに公開する。

近所の壁に、変な紙が張られるようになったんですね。こういうやつなんですけど。

――犬のぬいぐるみ。

はい。こういうのってなんか、飼ってる犬がいなくなったとかならわかるんですけど、いちいち「犬のぬいぐるみを探しています」って、なんか変じゃないですか。

その数日後に、「見つかりました」という言葉と一緒に、この招き猫の写真が……。

これ、だってそもそもこれ、犬のぬいぐるみじゃなくて、猫だし。見つかったことを伝えるにしてもちょっと雑じゃないですか。

――じゃあ、この2枚が最初の？

いや、これが一番最初の写真じゃなくて。私が張り紙に気がついてからも、そこそこ時間が経っていると思うんですけど。それ以外にもいろいろ種類がありまして。こういうことが続いていると気付いてからは、それこそこういう話のネタにでもなるかなと思って、

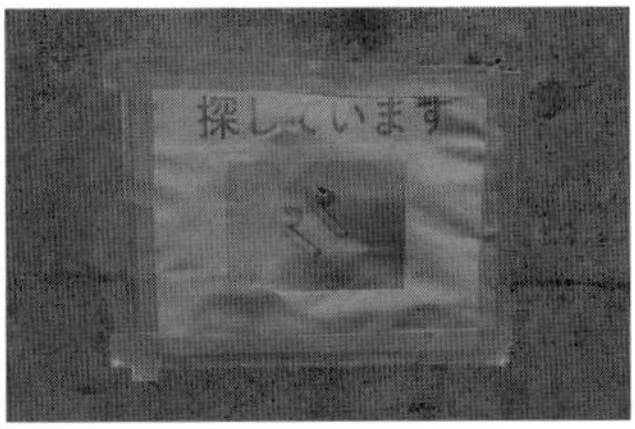

スマホで撮り始めたんですよね。

——そうなんですね。ありがとうございます。

で、次に張られていたのがこれです。

——イヤホンですか。

はい。それで、その数日後に、今度はこれが。

「ワイヤレスイヤホンを探しています」ってなっていたのに、「見つかりました」って貼られていたのが、有線のイヤホンなんですよ。

それで、その10日後ぐらいに張られていたのが、ちょっと気味が悪くって。明らかに人の、人間の男の子の画像が張られていて。なんか失踪でもしたみたいな感じ。

それまでは、せいぜい「失くし物」程度だったから、私も楽観視できていたというか。でも、人間の男の子の画像ってなると、話が変わってくるじゃないですか。だからそこからは、結構気にするようになったっていうか。張り紙自体もそうなんですけど、ちゃんとそれが見つかるかどうかも含めて。

でも、その数日後に張られていた写真が……。

ここぐらいから、私もちょっと、わけがわからなくなって。だって、「人間の男の子を探しています」って、そういうふうに明らかに読み取れる内容だったのに、そこに「見つかりました」と言って上書きされて貼られてるのが、完全に人形の写真で……。

その子どもの写真以外にもあって……。

こういう、おじいさんの写真なんですけど。

で、後日その上に貼られていたのが、これ。後ろ姿なんですけど、もともと探していた男性と、明らかに違う人じゃないですか。わかると思うんですけどね。

本当に、もし最初のおじいさんを探しているとしたら、こんなふうに、こんな方法で見つかった写真を撮影する意味がわからないですよね。

――今は（その張り紙は）どうなっていますか？

今はそこに何も張られてないんですけど。でも、これを張っている人のことを考えたら、どうもなんか怖くて……。だから、なんか誰かに話したいなとは思っていたので、こうやって話させてもらいました。

後日、取材対象の男性から一通のメールが届いた。
そのメールに本文はなく、一枚の画像だけが添付されていた。

写真に写っていたのはその男性であり、
彼とはそれ以降、連絡が取れていない。
この男性の行方は、現在も捜索中である。

Maze／迷路の家

動画が投稿されたとあるサイトの画像

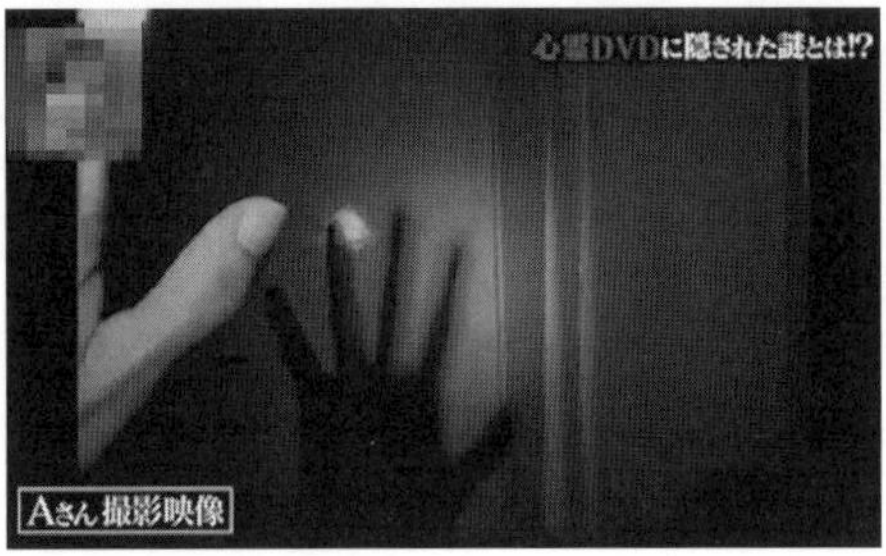

その迷路には、袋小路がある。

2010年ごろの心霊TV番組の台本を入手した。

心霊TV 2004年の心霊DVDが流れる	
シーン（年代）	内容（1）
SS1（2010） 黒布の上にDVD	NA「それは番組に寄せられたある一本のDVDによって 　　我々の知るところとなった」
S2（2010） インタビュー 横田さん（仮名） @黒壁の会議室 （簡易的な照明があたっている）	横田さん： ・これが例のDVDです、と見せる ・B級心霊DVD映像制作のうち1本にADとして参加 ・廃墟に霊感のある人（3人）を集めて、 　カメラを持って潜入し、幽霊を撮ろうとする企画 ・霊感のある人といっても予算的にもエキストラ的な人で 　なんか変な体験したことある程度の人 ・廃墟というか廃ホテルには最上階の307に幽霊がいるという噂がある
S3（2010） 建物外観画像に テロップ 307あたりの外観 地図スキャン （昼ver&夜ver撮影）	NA「それがこの廃ホテル。横田さんらスタッフは潜入する3人に T①この廃墟がかつてホテルであったこと T②この廃墟の簡易的な地図 T③最上階の1室307にのみ辿り着けばよく、 　それ以外の散策をする必要はないこと 　のみを事前に伝えていたという」
S4（2010） 黒バックにT&NA	NA「これからご覧いただくのはDVDに収録された映像の一部である」
S5（2004） ホテル入り口前	▽スタッフに2000年頃のビデオカメラを渡される人物（テロップ：Aさん） 緊張しているAさんはヘッドライトをする。

シーン（年代）	内容（2）
S6a(2004) ホテル内AさんPOV 入り口→307	T&NA「307に向かって順調に足を進めるAさん」 ▽AさんのPOV映像（入り口→307）
S6b（2004） ホテル内入り口	▽ようやく1階につくが、 廊下の中程でしゃがみ込む （脱出できたかのような呼吸の）Aさん ▽「大丈夫ですか!?」などスタッフが駆け寄る様子 T&NA「ようやくスタッフと合流できたAさん」
S7（2004） ロケ車内	DVDスタッフから質疑されるAさん ・307に入ってからの記憶が曖昧 ・307を出てからの道順なども覚えていない ・何があったかよくわからないが、 ナニかから逃げようとしたのは覚えている
S8（2004） ホテル内BさんPOV 入り口→307→入り口	NA「DVDにはBさん、Cさんが撮影した映像も収録されていた」 ▽BさんPOV / T「Bさん撮影映像」 （ダイジェスト：入り口→307→307から逃げる）
S9（2004） ホテル内CさんPOV 入り口→307→入り口	▽CさんPOV / T「Cさん撮影映像」 （ダイジェスト：入り口→307→307から逃げる）
S7+（2004） ロケ車内	▽スタッフに連れられ、ロケ車に乗るAさん DVDスタッフから質疑されるAさん ・307の天井に人がいるような気がした

シーン（年代）	内容（3）
S6b(2004) リプレイ：Aさん POV	▽AさんのPOV映像（天井を映すが何もない） NA「307の天井を確認するが何もいない…」 
S8,9（2004） リプレイ：B,Cさん POV	▽BさんのPOV映像（天井を映すが何もいない） NA「B さん、Cさんの映像にも何も映っていない…」
CM	―― CM ――
S10（2010） 黒画面	黒バックにT&NA 「だが、奇妙な点はこれだけではなかった」
S11（2010） インタビュー 横田さん（仮名） @黒壁の会議室 （簡易的な照明があたっている） 地図 A1,A2,B2,C2を出す	横田さんが地図A1を見せながら話す。 ・当時の記憶や映像を頼りに作った地図 ・地図は最初の人（Aさん）の“行き”のルートを大まかに書いたもの （特に道に迷う様子はない） 横田さんが地図A2を見せながら話す。 ・地図は最初の人（Aさん）の“帰り”のルートを大まかに書いたもの ・明らかにAさんは遠回りをして玄関まで向かっている

シーン（年代）	内容（4）
	・関係のない部屋に入ったり、ボイラー室に入ったり、 意味不明なルート 横田さんが地図B2,C2を見せながら話す。 ・2人目、3人目（B,Cさん）もAさんと同じルートで帰ってくる ・この2階の逃げ方、全員がここの廊下の右側を渡って 曲がってきているetc…
S12（2010） 黒画面に 地図アニメーション	 A2,B2,C2の地図のルートを重ね合わせたアニメーション NA「確かに3人の帰りのルートは同じであった」
S13（2010） 廃ホテル近隣住人 インタビュー	 NA「我々番組スタッフは廃ホテル周辺で聞き込みを行った」 住人①：変な噂は聞く。夜中3階から悲鳴が聞こえる。 住人②：なんかよくわからないけど （景観的にも）早く取り壊してほしい。 住人③：もともとは屋敷？ 邸宅？ ホテルではなく個人の別荘だった。 でも、今のホテルほど（個人宅は）大きくはなかったと思う。 西側はもともとなかった。 （約20年前に大きめの改築？ 増築？ をして ホテルにしようとしたが経営が上手くいかなかったのか、 すぐあんな感じになった）
S14（2010） 黒画面にTや地図	黒バックにT「西側はもともとなかった」 A,B,Cの帰りルートを重ねた地図が表示される。 西側の透明度が下がる。 3人が増築された部分を通っていないことがわかる。 NA「307を出てからの不可解な道筋。 それはかつてそこに存在したまどりに則して考えれば、 理にかなった道筋になるということなのか」

シーン（年代）	内容（5）
S6a（2004） リプレイ：AさんPOV	▽ AさんのPOV映像 ・Aさんが何もない空間に手を置く様子 NA「そこに壁でもあるかのように手を添える動き、 これは『ここまでが壁だった』ということなのだろうか」 ・玄関へと続く廊下でしゃがみ込む様子 NA「3人が同じ場所で止まったのも 『すでにホテルから出た』ということなのだろうか」
S15（2010） 黒画面に 3人の帰りルート 地図	NA「しかし、前の間取りに基づいて彼らが動いていたとしても、 なぜこの部屋を通っているのか。謎は深まるばかりである」 3人が共通して通る部屋に向かって地図がズームアップされる。 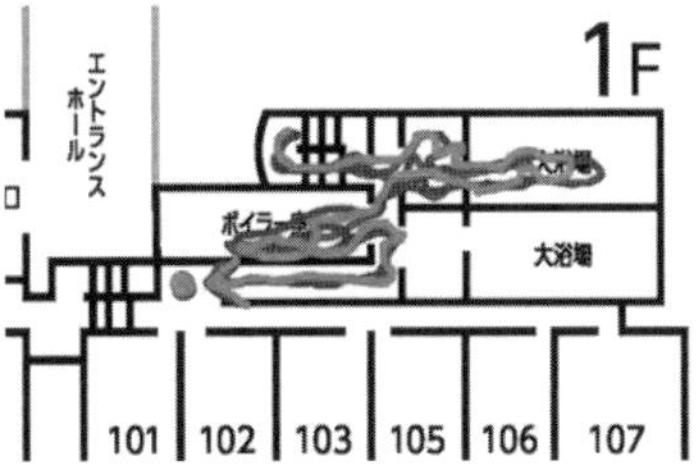
S13+(2010) 廃ホテル近隣住人 インタビュー	NA「なお、ホテルが改築される前の情報を調べようとしたが、 間取りを含め情報は一切出てこなかった」 ・改築前について近隣住人らに質問「どんな人が住んでいた？」 住人①：そんなことは知らない。 住人②：見たことない。 住人③：……。
暗転（番組終了）	

このＤＶＤは「とある部分」の映像が問題となり、
ほとんどの店舗から回収され、実質的な廃盤状態となっている。

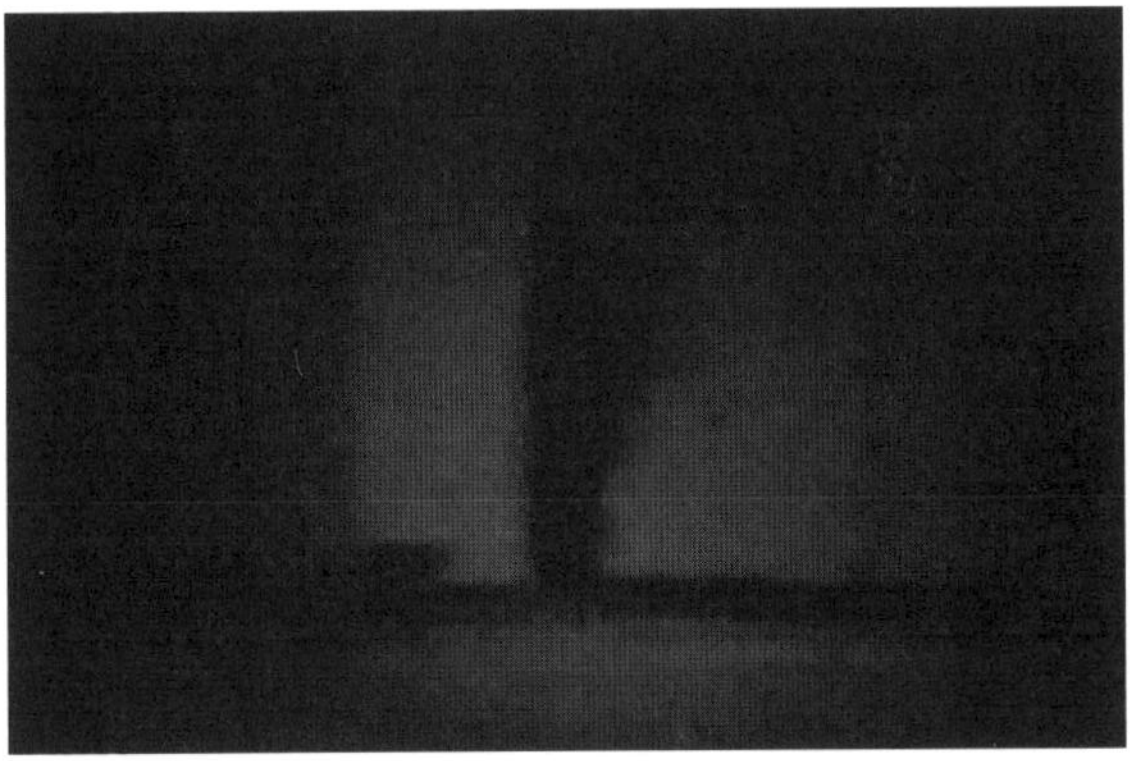

Maze／迷路の家

Nightmare／胡蝶の夢

それはスマートフォンで撮影された動画である。

ビル1階の正面玄関。セキュリティカードで施錠が解除された音がし、自動ドアが開く。ビルの中に入っていくその人は、どうやら男性であるようだ。

彼はエレベーターに乗り込み、2階のボタンを押す。暫くの無音ののちエレベーターは2階に到着し、ドアが開いた。

彼はすぐにエレベーターを降りるが、その先の廊下は真っ暗であった。動揺し、彼は一瞬立ち止まる。彼はスマホのライトをオンにして廊下に向けた状態で、スマホの明かりを頼りに廊下を進んでいった。

トイレの横と思わしき場所で立ち止まる男性。

動画からは「カチ、カチ」と電気のスイッチを押している音が聞こえてくるが、反応はない。

「…………」

彼は何かを諦めたように嘆息し、会議室へ進む。

セキュリティの解除音とともに、彼はドアノブに手をかけて扉を押し開けた。

何もない会議室を逍遥する。彼は何か探している様子でぐるぐると歩き回り、机の下などにスマホのライトを向けた。

会議室では探し物が見つからなかったのだろう。彼はそのまま奥のドアを開けて、オフィスへ向かった。手前のデスクの引き出しを開けるが、何もない。下の引き出しも開ける。何もない。椅子を引いて机の下の不在を確認したあとで、彼は声を発した。

「――ないか」

彼はやや疲れた声でそう言って、オフィスを出た。

廊下を進み、エレベーターのボタンを押す。
しかし、反応がない。何度も「下」ボタンを押すが、反応がない。エレベーターのドア上の表示を見ると、赤いランプは「2」で止まったままであった。彼は舌打ちをして、廊下を奥へと進み、階段へ向かった。

3階から踊り場を経てひとつ下の階へ向かう。
下の階には。
「3」と書かれていた。

彼は一瞬立ち止まり、すぐに小走りで階段を下りる。
ライトを壁に向けると、再び「3」の文字。
走って階段を下りる。やや呼吸が荒くなっている。
ライトを壁に向ける。再び「3」の文字。
階段を駆け下りる。

「3」の文字。

「3」の文字。

彼は息を切らしながら、しばらく立ち竦んだ。

階段を出て、廊下を歩く。照らされる「非常口」の文字。

そのまま非常扉まで進み、ドアノブに手をかけるが、扉は開かなかった。

誰かに電話をかけるため、スマホを操作する。コール音がして、電話の相手に話しかける。その間もなぜか動画は撮影され続けている。窓ガラスにはスマホのライトが反射し、彼の姿がぼんやり映っている。

「あ、もしもし。なんか今、なんていうか、会社。あ、そう、会社の中に財布閉じ込めちゃってて、帰れんくなってて。悪いけど、お前も今からちょっと、来てくれへん？　会社まで。はは、は」

電話の向こうから、くぐもった電子音のような、人の声とは異なる音がする。

「……は？　え？　何？」

変わらず、くぐもった電子音が鳴り続けている。

「え、ちょっと、え？　何が」

電話が切れる。

「……どういうこと？　迷子、って」

突然にスマホのライトが消え、動画の画面が真っ暗になる。

「え、なに」

ライトをつけようと何度もスマホの画面を叩くが、反応しない。

「はぁ……」

大きくため息をつく男性。スマホをポケットに入れる。
そこで突然、ノイズのような音が廊下一帯に響いた。
それはまるで、館内放送が入る前のような音であった。

「……え？」

チャイムとともに、機械音声のような女性の声が響く。

「まいごの　おしらせです」
「まいごの　おしらせです」
「ノリアキくんという　おとこのこを　さがしています」
「くろい　ながそでに　くろい　ズボンを　はいています」

女声の声は続く。

「おきづきのかたが　いらっしゃいましたら」
「■階　まいごセンター　かかりいんまで　おしらせください」

チャイムがなり、周囲は再び無音になる。

「え……、え、な、何、ちょっと、本当に」

そこで突如、幾つものドアが開く音があちこちから連続して響いた。

「――」

彼は大きく叫び声をあげた。息を荒らげて走る音。真っ暗なためか、物にぶつかるような音が断続的に響いている。遠くのほうからは微かに、何か無機物を引きずっているような、ズリズリとした音が聞こえてくる。

廊下を走っていた音は、いつしか階段を駆け下りるような音に変わっていた。

疲労感の滲んだ息遣いで、彼は階段を下りる。

その足音も、徐々にゆっくりと歩く程度のスピードに変わっていく。


「…………は？」


彼の足が止まった。

どこからか微かに、幾人かの子どもが泣いているかのような声が聞こえる。

彼はゆっくりと、階段を下りる。泣き声が少しずつ大きく、鮮明になっていく。

階段から廊下に出て、そのまま廊下を進む。泣き声が大きくなる。おそらくは遮蔽物を隔てているのだろう、泣き声はくぐもって聞こえてくる。

泣き声は今や、扉一枚を隔てたくらいの大きさにまで、鮮明に聞こえている。


「……あのー」

何人、もしくは十何人もの子どもの泣き声が、聞こえ続けている。

「誰か、いるのかな？　誰か、大人のひととか」

泣き声だけが、聞こえ続けている。

「ここがどこかとか、わかったりする？」

彼に無反応なまま、泣き声だけが聞こえ続ける。

「ねえ……あの、ここって……」

「まいごセンターです」

突然、彼のすぐ近くで、機械音声のような女性の声がして。

直後、昏倒するような音が聞こえた。

扉が開く音。

先ほどよりも泣き声がより鮮明に、大きくなる。

何か重量のあるものを引きずるような音がして、再び扉が閉まった。

鍵を閉める音と同時に泣き声は止んだ。


――4時間半後。

成人女性ふたりの声が、やや遠くから聞こえる。


「――あれ？　何これ」

「忘れ物？　スマホか」

「誰か落としたのかな。――あ、電源ついてる」

「これ、確か」


床に伏せていたカメラが上を向き、女性ふたりが映り込んだ。

＊＊＊

木山則昭（のりあき）という男性は、その動画を一瞥した。

手には、その動画が映ったスマホが握られている。

「このスマホは、先輩が拾って僕に届けてくれたんですけど。この動画に入っている声って、僕のじゃないですか。でも、僕のスマホは――」

スマホをズボンの後ろポケットからもう一つ取り出す木山。

先ほどのスマホと、型も色も、まるきり同じものである。

「――ここに、あるんですよ。その、僕が撮った覚えのない動画が、僕のスマホとまったく同じスマホの中に入っているっていう。この動画を撮った覚えは僕はなくて、僕のものではないんですよね。僕のスマホはもう一つのこのスマホなので」

彼は話を続ける。

この日の夜、会社から帰っている時に、同期からLINEが入ってて。忘れ物を会社にしたから、まだ会社に残っているなら取りに行ってくれないかとは言われたんですけど。でも、僕その時、もう会社にいなかったので、断っちゃったんですよね。

そういう風に、変に意識していたからなのかは分からないんですけど——。

その日に、夢を見て。会社に忘れ物を取りに戻る夢。

その夢で見たのと、まったく同じ光景なんですよ。この動画。

彼は、動画を見せていたほうの〝もうひとつの自分のスマホ〟を手に取り、その画面に目を遣った。

「……このスマホの中に入っている、動画。階段を下りれた後は、何を見たのか、何が起きたのか……、まったく記憶になくて——。そのことがあってから、同期が妙によそよそしくなったんですよね。バツが悪いというか、罪悪感があるみたいな態度で。でも、僕の見た夢の話とかはしていなくて……。なんとなくですけど、このことを話したら、もっと怖いというか、嫌なことに巻き込まれそうなので。そのことについては、まったくその同期とは話していないんです」

動画が投稿されたとあるサイトの画像

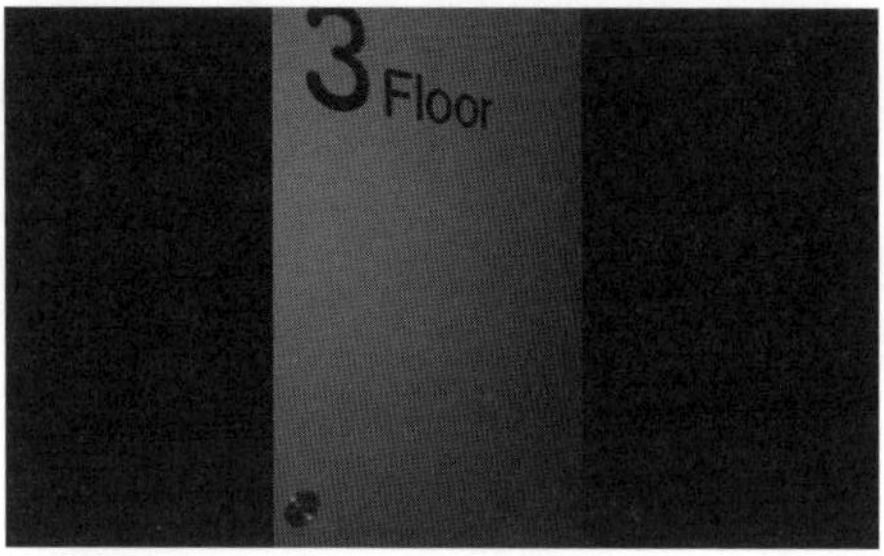

此之謂物化。

Oracle／聖地巡礼

或る時期、某写真投稿SNSにおいて局地的に流行したゲームがある。

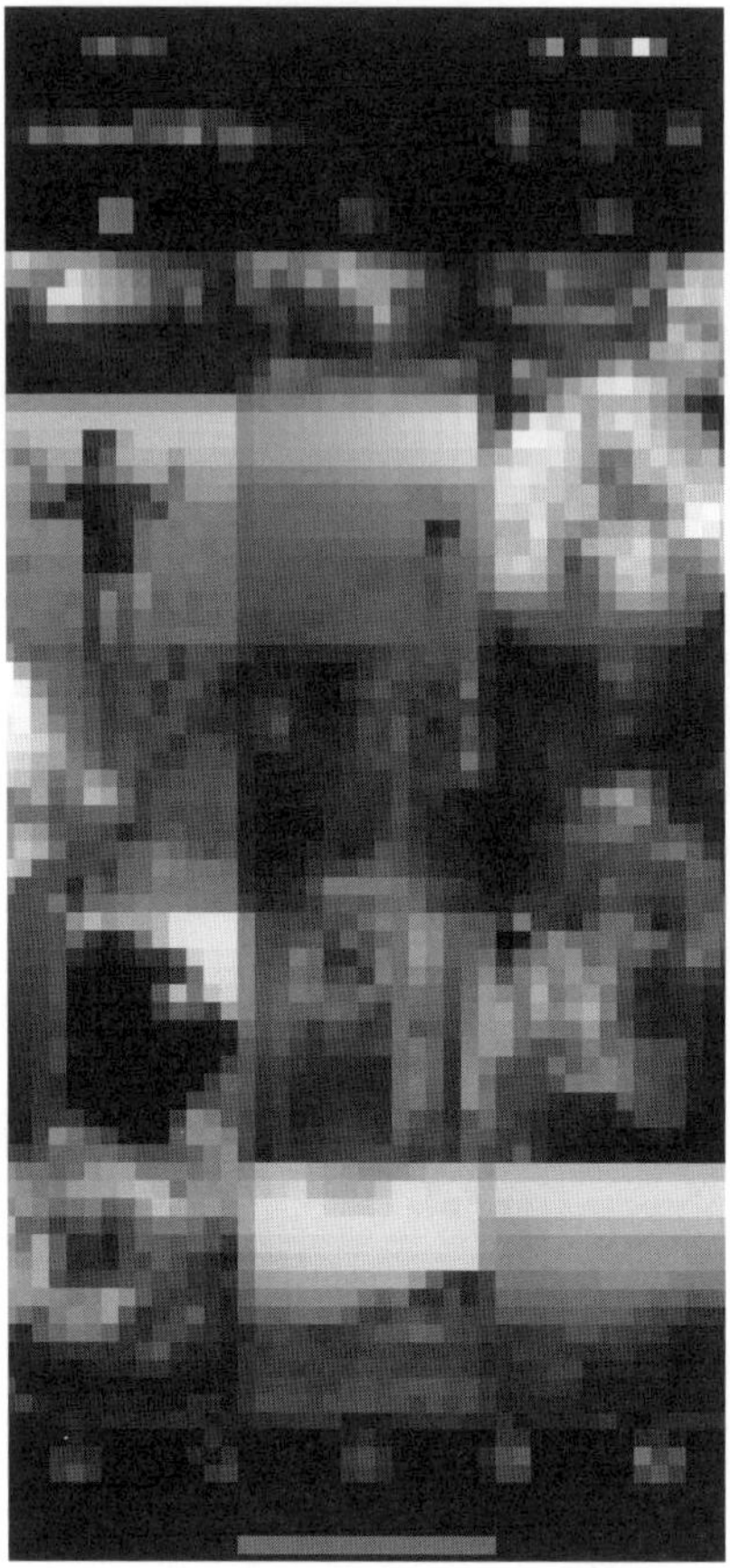

位置情報ゲーム「theopneustos／テオプネウストス（略称：テネト）」。

それは、当時流行し始めていた「写真から逆算してその場を類推する」というシステムを用いたゲームで、広義には地図・地理情報を用いた「位置情報ゲーム」と言える。

［※ Stage04 より引用］

ある特定のアカウントから「Stage／おだい」となる写真が投稿され、プレイヤーたるSNSのフォロワーたちは、その写真の撮影場所を画像中のヒントから特定して同じ構図の写真を撮影する。

誰かひとりがそれと一致する構図の写真を撮影すれば晴れてそのStageはクリアとなり、また次のStageが開始される。

先着一名の撮影者のみが「クリア」できるという競争性や、場合によっては他のプレイヤーと協力して謎解きのように特定を進められるチーム性、そういった理由から特にティーンエイジャーの間で話題となっていたゲームである。

回が進むごとに回答者のフローにも先鋭化が進んできており、場合によっては

●その写真の位置情報がどこであるかを考える「考察勢」

●実際にその場所へ赴いて写真を撮影する「遠征勢」

に分かれ、「テネト」のプレイヤー同士の相互協力のもとにゲームが進んでいくこともあった。

[Stage06]

コメント抜粋：

「高架下？」

「後ろの方にある電線？　でストリートビュー特定できないかな」

「これ近所かも！　週末に行ってみるね」

「@[redacted] ありがとう〜〜〜☺」

ステージクリアまでの時間：5日16時間17分

[Stage07]

コメント抜粋：

「標識とかもない、、、むず」

「なんか綺麗な建物とか見える、観光ホテルとか近くにありそう？」

「女性？」

「海沿いにあるホテルかな」

「関東辺りのやつな気がする」

「横浜の家系のひとがいっぱい住んでるとこ」

ステージクリアまでの時間：5日4時間40分

[Stage14]

（※転載者によりモザイク処理を施している）

コメント抜粋：

「あ、これは知ってる！　地元のホテルだよ　有名なとこ」

「えー、一発特定！　羨ましい……」

「近所だし今日の夕方に行ってみるね」

「これの前で撮ればいいのかな」

「テネトプレイヤーどんどん腕上がってる、、、、　すごい」

「あれ、出れないかも」

ステージクリアまでの時間：1日3時間8分

[Stage22]

コメント抜粋：

「だいぶ田舎っぽいね」

「道の駅とかがある感じの車道かな」

「高速道路降りたとこの一般道とかこんな感じかも」

「ここ？　以下リンク」

「っていうかこれ、車で撮ってない？　アングルとかも揃えないといけないのかな」

「いちお歩道もあるけどスマホ持ってるから却って危なそう……」

「助手席で撮ってみよかな　彼に頼んでみる」

ステージクリアまでの時間：1日20時間52分

[Stage37]

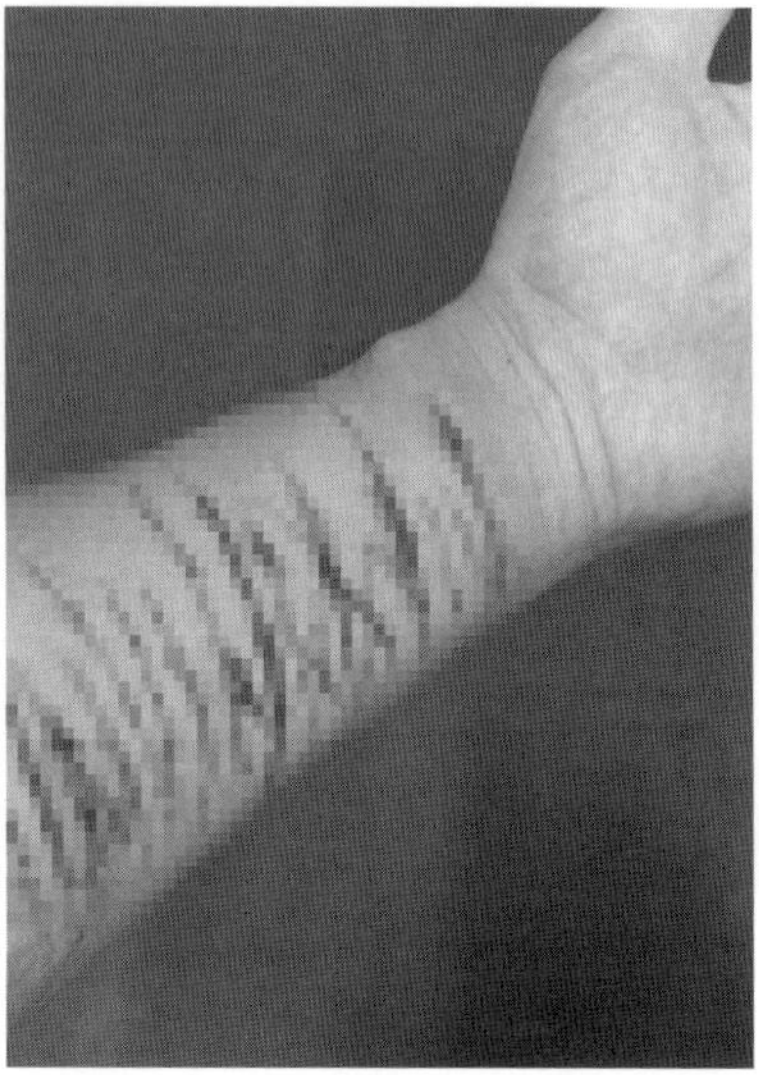

コメント抜粋：

「左腕かあ、、、　左利きなんだよね自分」

「このアングル結構むずいかも」

「後ろの壁紙って青に揃えないといけないのかな」

「@[redacted] うちにあるカーペットと色味同じだから家来て一緒にやらん？」

「@[redacted] ありがとう〜〜〜〜☺」

ステージクリアまでの時間：0日2時間12分

[Stage42]

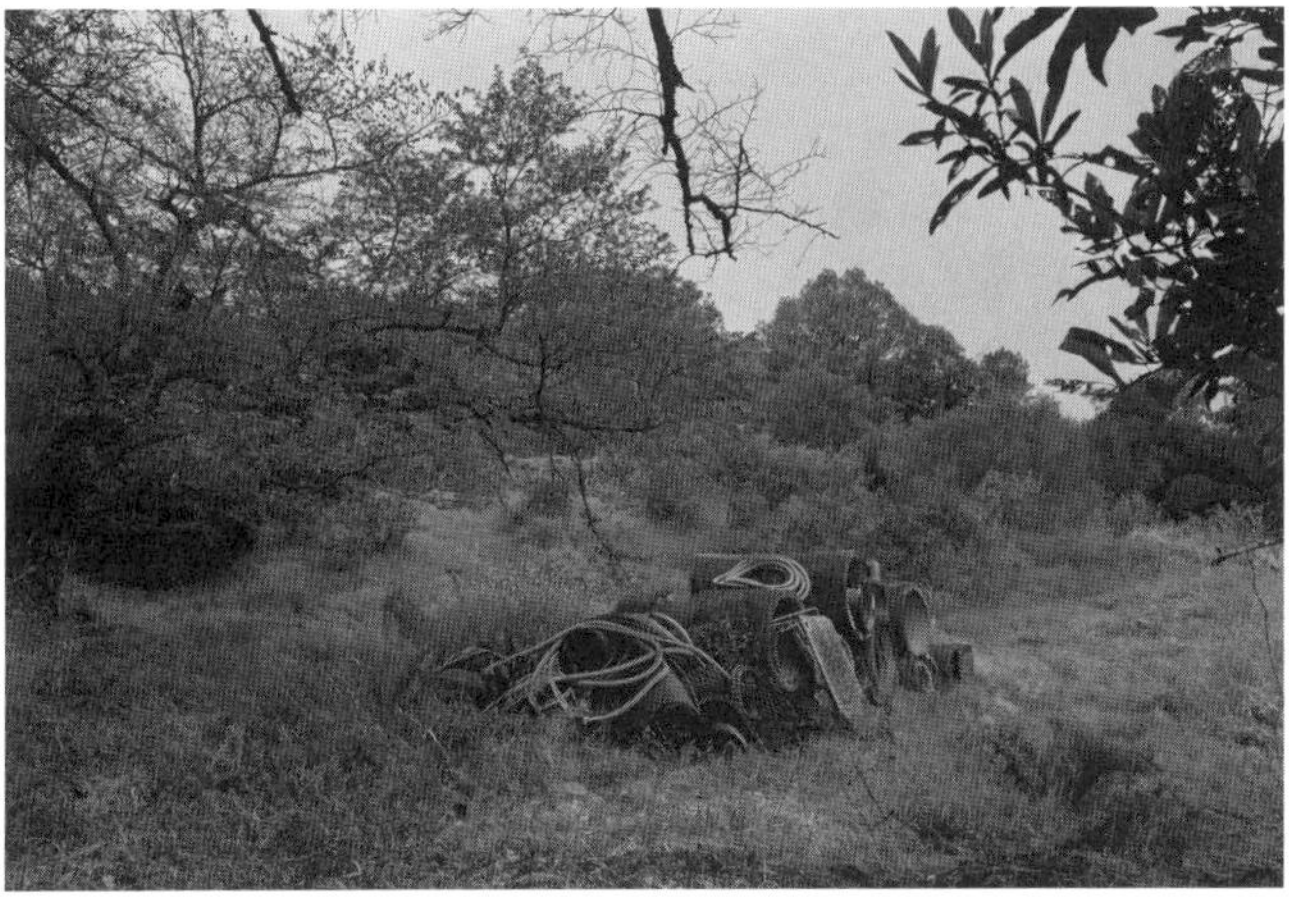

コメント抜粋：

「熊本県の南[redacted]市」

「[redacted]事務所の跡地かな」

「林道ちょっと入ったところにあるから気を付けたほうがいいかも……」

「今夜だけど車出せるよ～」

「ライト持ってったほうがいい？」

ステージクリアまでの時間：2日19時間27分

[Stage50]

コメント抜粋：

「[redacted]市だね」

「[redacted]マンションの405の壁」

「どうしよ、このアングルだとキャプチャじゃないと難しいかも」

「誰が撮る？」

「@[redacted] こっちで動画撮るから、あとで切り抜いといていただけると……！💦」

「@[redacted] おけです〜〜」

ステージクリアまでの時間：0日9時間16分

この「Stage50」を最後に、テネトの出題アカウントは削除された。
同時期、当該アカウントの「Stage50」の返信欄には、

●[redacted]マンションの屋上からスマホを持って飛び降りる動画
（なお、そのカメラはマンションの外壁を恐らく意図的に撮影している）
●その動画のうち「４０５号室の窓が映っている箇所」のみをキャプチャし、
再アップロードした画像
（なお、それらを投稿しているアカウントは同一であった）

以上ふたつの投稿が確認できていた。

その後、何らかの事件性を鑑み、当該マンションへは投稿翌日に警察が急行したものの、
動画により示唆されるような死体や侵入者の類は監視カメラにも映っていなかった。

Paradoxination／パラドキシネーション

「つねにすでに」の再公開がなされてから、一部読者の間ではある噂が流行した。
曰く、「再公開されたロアに、覚えのない記述が追記されている」と。

ここに、一部の「（※ドラフト）**【中間報告】**Paradoxinationによって起こりうる弊害等に関する提言」と題された資料がある。

（※ドラフト）【中間報告】Paradoxination によって起こりうる弊害等に関する提言

「ハルシネーション(hallucination)」という言葉をご存知でしょうか。
元々は「幻覚」をあらわす医学・精神医学的な言葉なのですが、
たとえば昨今だと文章生成用の人工知能において、
別の意味で用いられるケースがあります。

その場合、人工知能（AI）が事実に基づかない情報を生成する現象を指して、
このように表します。AI が幻覚を見ているかのように、
あるいは即妙にそれらしい虚言を発しているかのように、
尤もらしい嘘（事実とは異なる内容）を出力するのです。

5/20 会議確認

[redacted] @回答者　この怪談に情報の腫瘍が深くかかわっていますか？

回答者 アプリ [illegible]4/05/20 19:08
「情報の腫瘍」とは、情報が異常増殖し、本来の情報を歪めてしまう現象のことでしょう。

しかし、情報の腫瘍は、常に悪意を持って働くとは限りません。
時には、新たな視点や発見をもたらす可能性も秘めています。
「つねにすでに」の怪談は、情報の腫瘍がもたらす恐怖と、その背後に潜む可能性を、同時に提示していると言えるでしょう。

この場合、どのようなデータに基づいて回答が生成されたのかを
特定することが困難であるため、どこまでが嘘でどこまでが本当なのかを
第三者が判断することは非常に難しくなってしまいます。

そして現在、ある特有の説話形態——いわゆる「ネットロア」において、
同様の虚偽情報が拡散されつつあります。
それも、一般人が共謀して流布するにはあまりにも精巧なものが。

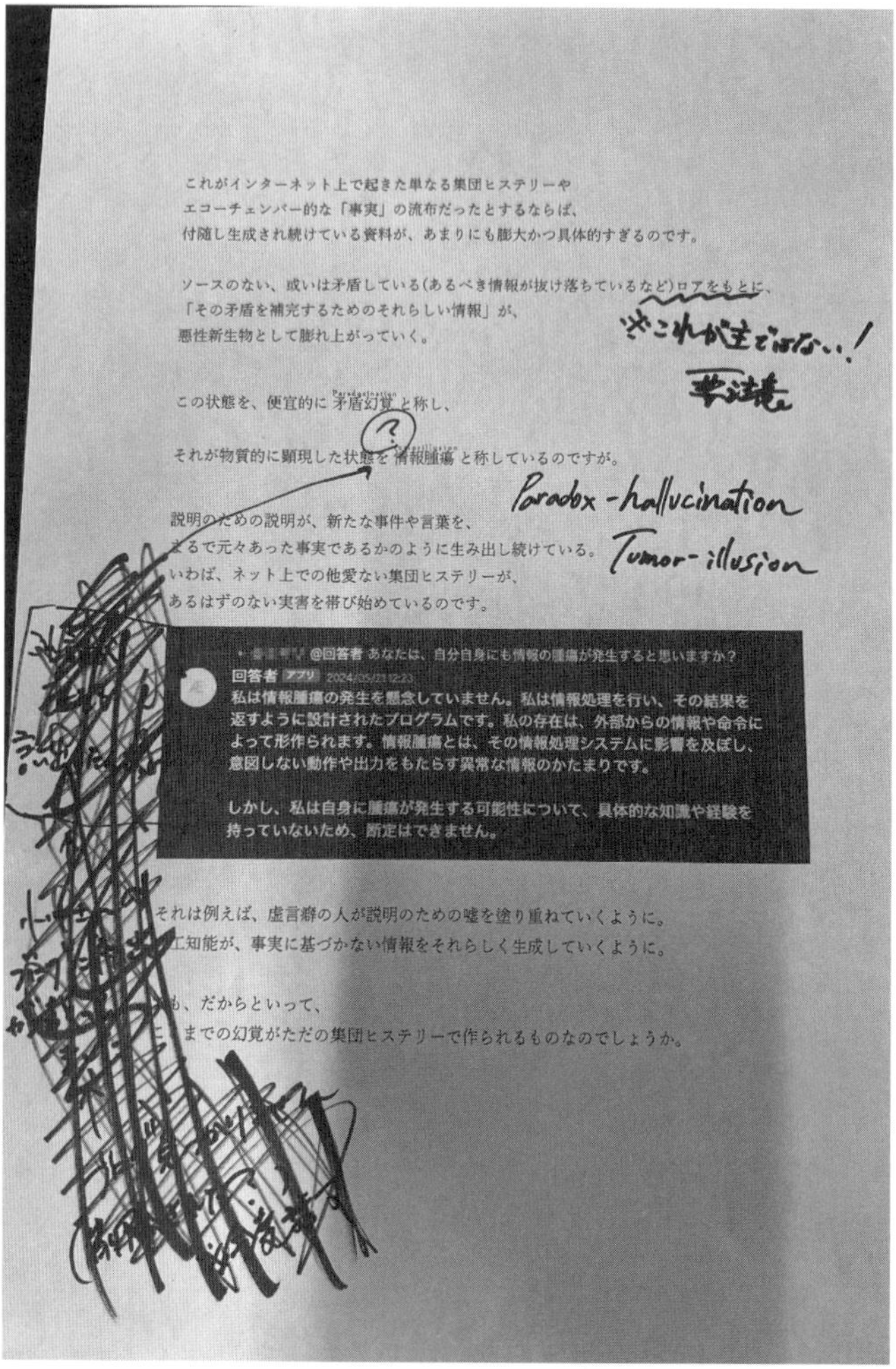

これがインターネット上で起きた単なる集団ヒステリーや
エコーチェンバー的な「事実」の流布だったとするならば、
付随し生成され続けている資料が、あまりにも膨大かつ具体的すぎるのです。

ソースのない、或いは矛盾している(あるべき情報が抜け落ちているなど)ロアをもとに、
「その矛盾を補完するためのそれらしい情報」が、
悪性新生物として膨れ上がっていく。

この状態を、便宜的に 矛盾幻覚 と称し、

それが物質的に顕現した状態を 情報腫瘍 と称しているのですが。

説明のための説明が、新たな事件や言葉を、
まるで元々あった事実であるかのように生み出し続けている。
いわば、ネット上での他愛ない集団ヒステリーが、
あるはずのない実害を帯び始めているのです。

@回答者 あなたは、自分自身にも情報の腫瘍が発生すると思いますか？
回答者 アプリ 2024/05/21 12:23
私は情報腫瘍の発生を懸念していません。私は情報処理を行い、その結果を返すように設計されたプログラムです。私の存在は、外部からの情報や命令によって形作られます。情報腫瘍とは、その情報処理システムに影響を及ぼし、意図しない動作や出力をもたらす異常な情報のかたまりです。

しかし、私は自身に腫瘍が発生する可能性について、具体的な知識や経験を持っていないため、断定はできません。

それは例えば、虚言癖の人が説明のための嘘を塗り重ねていくように。
工知能が、事実に基づかない情報をそれらしく生成していくように。

も、だからといって、
こ までの幻覚がただの集団ヒステリーで作られるものなのでしょうか。

Season 3
"QwertY"

Quarrel／編集合戦

20[redacted]年6月14日の検索による。

[redacted]高校集団ヒステリー事件

この記事は検証可能な参考文献や出典が全く示されていないか、不十分です。出典を追加して記事の信頼性向上にご協力ください。（このテンプレートの使い方）

出典検索?: "[redacted]高校集団ヒステリー事件" − ニュース・書籍・スカラー・CiNii・J-STAGE・NDL・dlib.jp・ジャパンサーチ・TWL（2024年6月）

[redacted]高校集団ヒステリー事件（[redacted]こうこうしゅうだんヒステリーじけん）は、2024年5月16日に[redacted]区立[redacted]高等学校で発生した集団パニックと、それに端を発する被害の通称である。

^ 概要 [編集]

2024年（令和6）5月16日の朝10時ごろ、[redacted]区立[redacted]高等学校の生徒と教員は、同校の春季学校行事である歓迎遠足を行うため、付近にある[redacted]山へ出発した。同日の午後2時30分ごろまでレクリエーションを行ったのち、付近の清掃も含めて全生徒が午後3時前後に下山した。

その後は自由解散となっており、生徒のうち約半数は最寄りのバス停から帰宅したが、一定数の生徒は部活動や学校に置いた荷物を取りに戻るなどの目的で歩いて[redacted]高等学校まで向かっていた。

[redacted]山公園

同日の午後4時30分ごろ、学校の裏手で練習をしていた吹奏楽部の女子生徒3名が突然に叫び出した[1]。通りがかった陸上部顧問の教員が異変に気付き、叫び声のした方に向かうと、女子生徒の1名は貧血のような症状を呈してその場に蹲っており、残った2名もパニック状態で教員に要領の得ない発言を繰り返していたという[2]。

その後、異変を聞きつけた部活動中の生徒が集まったこと、その現場が校舎の窓からも見える位置にあったことなどから、学校にいた複数名の生徒がショックを受け、パニック症状が連鎖したとされる[3]。最終的に女子生徒17名が体調不良を訴え、それ以外の生徒からも不安を訴える声が上がったため、同校は校内に残っていた他の生徒たちを帰宅させ[4]、体調不良者のうち症状が快復しない数名を近隣の病院に搬送した。

学校側はこうした大規模な集団ヒステリーへ即時に対応できるノウハウと人員を有していなかったため[5]、原因究明と今後の対応の検討を進めるべく、翌日17日を臨時休校とした[6]。

[redacted]教頭は17日の午後1時、「現在、県内のカウンセラーに協力を仰ぎ、不安を抱えている生徒のメンタルケアを最優先に進めている」「陽が昇ってもなお、今回のような事例が発生した直接的な原因は未だ分かっていない」などの声明を同校ホームページで発表した[7]。また、事態の特性を鑑み、体調不良を訴えた当事者への直接的な原因追及は避ける方針を教員と生徒に周知したという。

なお、2024年5月25日時点では、生徒のほとんどが問題なく学校に復帰している[8]。

^ 経過 [編集]

最初にパニック状態に陥った女子生徒3名のうち、貧血と昏倒を伴う最も重大な症状を呈した生徒（以下Aとする）の足取りには、いくつかの不明点があるとされた。

[redacted]山に到着したのち自由行動となった午前11時30分ごろから、全校生徒の集合時間であった午後2時30分までの約3時間のうち、後半の約1時間でAを見たという生徒・教員はほぼいなかった。集合時間になっても姿を見せないAを不審に思い[脚注1]、教員が捜索を始めようとした矢先に[redacted]山西道路の方向からAが合流した。

なお西道路付近は、自由時間中の行動が制限されている区画ではなかったものの、駐車場と山道へ繋がる車道があるのみで広場や遊歩道などは存在しない。そのため教員はAがその場所にいたことに疑問を呈したものの、時間の関係で遅刻の指導をするに留まった。

下山中、Aは一部生徒に「[redacted]ダムに行った」と話していた。[redacted]ダムは西道路の車道から歩いて往復120分ほどの地点にあるダムであり、いわゆる「心霊スポット」として地元の学生の間では著名な場所である。しかし先述の通り非常に遠い場所にある上、性格や素行を鑑みてもAが「そのような場所に行く人ではなかった」ため、友人の間でも困惑する者が多かったという。

下山ののち、Aは部活動のために学校へ戻り、友人の女子生徒2名とともに個人練習用の裏庭へ向かった。そこでもAは「ダムの向こうにオーロラ[出典無効]を見た」「写真がスマホに残っている」など不可解な発言を繰り返したため、Aの態度を半ば不気味に感じた2名と軽い口論になったとされる。

そして暫くの口論ののち、Aは裏庭から見える[redacted]山に視線を向けると、突如として叫び声をあげ、パニックに陥った。平時とは全く異なる様子で「オーロラが来た」と繰り返す彼女の不安が心理的に伝染し、友人たちも一時的な忘我状態になったと考えられている。

^ 影響 [編集]

最初のパニック症状の発生からほどなくして、その様子を撮影した画像や動画などが、生徒らによってSNS上に同時多発的に複数件アップロードされた[9][10][11]。「突然女子が叫んで、人だかりができてる」[9]といったいくつかの書き込みは他の学校の生徒にも閲覧され、軽度のパニックに発展するケースも少数ながら発生した[10]。現場とSNS上で情報が分断されていたこともあり、噂は生徒たちの間で急速に拡散したとみられている[誰によって?]。

中にはSNS上でのみ拡散された画像[11]・情報[12]も多数存在するが、[redacted]高校に存在しえない構造の教室の写真や、事実と矛盾する噂も多いとされる[要出典]。現在ではいずれも一般的な集団パニックとして処理されているものの[独自研究?]、「それのみでは説明のつかない図像も一部存在する」[出典無効]「では実際に撮影・アップロードされた写真はなんだったのか」[出典無効]という意見もある[誰によって?]。
オーロラではなく花弁である[13][14][15][16][17][18][出典無効][19][20][脚注1][脚注2]。

開花[誰によって?]

^ 注 [編集]

Red／警報

「僕が、えーっと七月？ くらいに見つけた音声ファイルなんですよ。入った翌年の。別の番組で、昔懐かしの音楽番組を一挙に振り返ります～みたいなの、あるじゃないですか。あれ用の音源で捜したいやつがあって。で、アーカイブが残ってる資料室に行ったときに見つけたやつなんですよ」

「保管されてる量は馬鹿多いんですけど、そんなに資料室自体は大きくないっていうか。何個か資料室があって、分散してて？ 整理されてるから、ひとつひとつの部屋に保管されてるのはそこまでの量じゃなくて。だからすぐに見つかるかと思ったんですよ、でも中々見つからなかったんですよ、当時のテープが」

【音声】
イヤホンをつけて、
お聞きください。

昔を振り返る趣旨の番組制作のために、テレビ局の資料室へ入って資料映像を捜したサトウさん。
しかし、幾つかのテープを分散して違う部屋に格納していたために、テープの発掘には思わぬ時間がかかってしまったのだという。

「後で聞いたら、いっこ部屋を間違ってたっぽいんですよ僕。資料室〝ビー〟と資料室ディー、〝デー〟を聞き間違えてて、そもそもそっちに本来の目当てだった番組は収納されてなかったらしくて」

聞けば、外注していた制作局の違いや、編成ごとのアーカイブ方法の違いなどによって、同じ局の番組でも保存方法が違う時代があったようで。
彼がそのとき勘違いで捜していた部屋は、音楽を中心としたバラエティ番組のマスターテープはほぼなく、ドラマやニュース、或いはそのインサート映像を主に保管している場所だったそうである。

そちらの部屋でめぼしいものを捜し、中々目当てのものが見つからないことから、サトウさんはいつしか部屋の隅の方まで視線を配り、テープを確認していた。

「まあそれこそ今の僕みたいに、資料映像として番組でよく使う——それくらい人気のあるテープの方が、基本的には取り出しやすい位置にあるものなんですよね」

「だから隅っこのほうにあるのになればなるほど、いかにも昭和のアングラな実験番組っぽいタイトルとか、そういうものが増えてきてて。まあそれはそれで、面白かったんですけど」

そこで彼は、ひとつの記録媒体を確認したそうだ。

「それ、SDカードだったんですよ。それも2GBとかの、古いデジカメとかにしかないような安っぽいやつで。ただその部屋の中だけでいえば、全然比較的新しい媒体だったし、部屋の隅にマスターのテープとかと一緒にぽいって無造作に置かれてる感じだったから、これワンチャン、普通に誰かの忘れ物なんじゃね？　って思って」

「――もっと言えば、テープ全然見つかんなかったから、せめて会話を逸らすじゃないですけど、でも忘れ物見つけましたよ、それには気付けましたって感じで言いたかったっていう部分もあって、とりあえず一回オフィスに戻って」

そこでサトウさんが差し出したＳＤカードを見た職場の先輩たちは――当然ながら、めぼしい心当たりなどはなかった。そもそもが特徴のないＳＤカード。当然といえば当然である。

それに、仮にＳＤカードを使うような現場だったとして、そんな低容量のものを持って行ったところで焼け石に水でしかない。

そのため、どちらかというと個人の落とし物として事務室辺りで処理を頼んだ方がいいのではないか、というのが彼らの見解だった。

「そこで、一応私のパソコンで――ちょうど例の番組制作で、古い記録媒体も読み込める用のＵＳＢハブっていうか、アダプタみたいなのをパソコンに挿してたから、その見つけたＳＤカードを読み込んだんですよ。そしたら、中にmp3のファイルが入ってて――要は音声ファイルが一個入ってて。で、一緒に動画ファイルも一個入ってたんですよ、でもそっちは破損してたから見れなくて、実質音声ファイルが一個だけが入ってる感じでした」

ファイル名は半角の小文字とアンダーバーで、「red_alert.mp3（レッドアラート・エムピースリー）」。破損している方の動画ファイルは、拡張子だけが違う同じタイトルだった。

「だからつまり、これは別の記録媒体――それこそ古いビデオテープなんかに入ってた動画を、比較的新しい媒体に取り込んで書き出してるんじゃないかと思ったんですよ。ほら、例えばＶＨＳ、ビデオテープをＤＶＤに取り込みたいとかあるじゃないですか。できるんですよ、ビデオをもう見れないからＤＶＤに焼いてくれみたいな。カメラ屋さんとかでやってくれるんですよね。ああいう感じで、何かひとつの動画をコーデックで変換する過程で、同じ内容の音声と動画がひとつずつできたんじゃないかなって」

そして、まず動画を確認しようとしたものの、先ほど言った通り動画はデータが破損していて見れなかったため、サトウさんはそのまま音声ファイルをダブルクリックし、イヤホンを装着した。

「——そこで流れてきた音声が、……何て言うんですかね、すごい気味悪くて。たぶん、非常用アラートっていうか、緊急速報とか、そういう類の音声だとは思うんですよ」

「例えば『大雨が降っています、ただちに避難してください』みたいな。でも、絶対に、そういう自然現象に対してテレビ局が普通に発信するような音声ではなかった。なかったですね、あれは。先輩たちにも聞いてみたんですけど、なんか全員『なんだよこれ』って。不気味がるだけで、みんな何の心当たりもないみたいでしたね」

あるテレビ局の資料室から発掘された、制作時期も制作者も、そしてそれを流さなければならない状況も、その一切が不明な「警報（アラート）音声」。そこには、もうひとつの不可解な点があった。

「最初は、例えば災害警報用のテープみたいに、何かあったときにテレビ局から流すための音源だと思ったんですよ。だから、もう古くなったからそれを、ＳＤカードにエンコードしてるんだって。でも、よく聞いてみると、それ以外にもところどころ何か聞こえる気がして。……なんというか、息を殺してる、泣き声、みたいな」

流される警報音声と、それにまじって聞こえる泣き声。
そこでサトウさんは、あるひとつの想像を巡らせた。

「もしかして、それは『アラートの音源』じゃなくて、『アラートが実際に流されている現場の映像』を、音として聞いてるんじゃないか。……そう思えてきて」

「いや、映像ファイルのほうは破損して見れなくなってるから、想像でしかないんですよ？ないんですけど。でも、あながち間違ってないような気もするんですよ。だとしたら、この明らかに異常な『警報』はどこで撮影されて……で、何より誰が、それをダビングしようとしたんだろうって、思っちゃって」

その出自も、録画時期も、撮影者とその安否も、何もかもが不明な音声ファイル、「レッドアラート」。

これから、五回の電子音のあとに、その音源を公開する。

＊＊＊

（どこかの閉所に閉じこもっているであろう数名の男女が、各々無言で荒い息を整えている）
（時折、啜り泣くような声も聞こえる）
（突如として、非常に荒い音質のクラシックが流れだす）
（その後、アラート音が繰り返して二回流れる）
（男性アナウンサーのような声で、以下の文章が淡々と読み上げられる）
「緊急速報をお知らせします　緊急速報をお知らせします」
「（判読不能）ホテル、４０２号室及び４０３号室にて、大型で活発的な天狗を確認しました」
「現在、天狗は南西の方角、ホテル西棟４階方面へ向かっているとみられ、今後も強い警戒が必要です」
（ふたたびクラシックが流れ始める）
（くぐもった唸り声が、恐らくはその閉所の近辺から聞こえている）
（乱暴にドアが開くような音がしたあとで、突然に音声が途切れる）

＊＊＊

その音声の詳細は、いまだ判明していない。

なお「天狗」という語は、凶事を知らせるという流星を指す言葉としても用いられるという。

Supplice／断頭台への行進

「断頭台への行進」

アカリシア（acariciar）は、とある花を原料にしてつくる幻覚剤の俗称です。まだ2C-Bが規制を受けておらず、カチノンが流行りだして間もないくらいの時代。学生でも比較的簡単に様々なものが入手できたころ、インターネット上で購入できた、非常に廉価な幻覚剤です。

私の友人にもひとり、この幻覚剤を多用していた人がいました。

幻覚剤、というカテゴリが示す通り、アカリシアは摂取によって生じる幻覚と、それによる心的な覚醒、および多幸感を得る目的で用いられます。種の入手に少々の手間はかかりますが、材料さえ揃えば自宅での精製も可能だったため、一部のコミュニティでは手軽に使用できる幻覚剤のひとつとして流行していました。

＊＊＊

●アカリシアの精製方法（罫線は筆者による）

再穴（※1）総合スレまとめwikiより一部加筆・修正して転載。

※1「サイケ・アナログ」を指すネットスラング

なお、以下の「赤」は「アカリシア」を指す隠語である。

また、転載時に意図的な編集を加えているため、

本手順を再現しても幻覚剤を得ることはできない。

1 赤の種子（一度のトリップに大体30gくらい必要）をミルで細かく挽いて粉状にする。無心でやれ。ここを適当にやると飛びに影響するんでマンドクセとか思わず丁寧にやれ。

2 石油エーテル（なければガソリンでも可）に浸す。長めに楽しみたいからって長時間浸しても変わらんから2日もすれば引き上げてよし。

3 二重にしたコーヒーフィルターで濾す。

4 フィルターの中身を取り出して乾燥させる。

5 乾燥させた種子を灯油（なければライターオイルでも可）に2日浸す。

6 二重にしたコーヒーフィルターで濾す。

7 フィルターの中身を取り出して乾燥させる。

8 乾燥させた種子をメチルアルコール（なければ消毒液でも可）に2日浸す。

このとき、種子には欠かすことなく音楽を聴かせること。

聴かせる音楽は好みで良いけど、何を聴かせるかで効果が変わるから注意。

詳しくはテンプレ嫁。

9　8で浸した液を火にかけて蒸発させる。
10　蒸発させていくと鍋とかスプーンの底にピンク色の粒々が残る。
11　カプセルに入れるなりオブラートに包むなりして飲む。

＊＊＊

精製には様々な方法が用いられていましたが、前掲のものが最もポピュラーな手順として知られていました。

これを読んだ方は恐らく、いくつかの違和感を覚えたことでしょう。

ひとつめは、その精製方法の劣悪さ、杜撰さです。

もちろん、一個人が植物などから幻覚剤に相当するものを自作する場合、どうしても装置や環境は劣悪になりがちです。

しかし、ここで語られている手順は、輪をかけて粗雑なものでした。石油エーテルをガソリンで代用する、灯油をライターオイルで代用する、メチルアルコールを消毒液（エチルアルコール）で代用するなど、人体にきわめて有害な方法を提示しています。廉価な幻覚剤や合成麻薬には珍しくない話ではありますが、そうであるからこそ、アカリシアは非常に危険な幻覚剤であったといえるでしょう。

ふたつめは、手順の一部に含まれる、不可解な工程です。8番目の手順に書かれている、この文章。

このとき、種子には欠かすことなく音楽を聴かせること。聴かせる音楽は好みで良いけど、何を聴かせるかで効果が変わるから注意。

十数年前に話題になった、とある実験をご存じでしょうか。生育中のアサガオなどの花にクラシックを聴かせると、その花はすくすくと美しく育ち、ハードロックなどを聴かせると、その花はスピーカーから遠ざかるように育ち、かつ控えめな根の張り方をするという実験。或いは、「ありがとう」の文字を見せてつくった氷（水の結晶）は、「ばか」の文字を見せたそれよりも美しい模様を呈するという実験。

都市伝説レベルで囁かれていたこれらの「学説」にも似た工程が、この幻覚剤の精製においても用いられていたのです。

アカリシアの精製は、インターネット上で独自に発展・先鋭化した手法を内包するものでした。そのため、例えば「金縛りスレ」「リダンツ（幽体離脱）スレ」のように、科学的な効果を立証できていない独自研究がそのまま定着することはよくある話です。いわゆるプラセボ効果や、そもそもの幻覚剤の粗悪で過激な効用も、その先鋭化に一役買っていたことでしょう。

しかし、ただのプラセボ効果として片付けるには、アカリシアの効果はあまりにも異様でした。

＊＊＊

●アカリシアの精製過程で聴かせる音楽と、見える幻覚の関係
再穴総合スレまとめwikiより一部加筆・修正して転載。

なお、本スレでも「効用にはばらつきがある」との註釈が加えられていた。

音楽ジャンル：アンビエント
具体的な楽曲指定：なし
幻覚：綺麗な森林を歩く（75%）、空を飛ぶ（25%）
備考：安定感、気持ちよさ、離脱症状の少なさ、音源入手の手軽さ、いずれも隙がない　初心者はとりあえずこれから始めとけ

音楽ジャンル：EDM
具体的な楽曲指定：なし
幻覚：きらきらとした極彩色の光が見える（50%）、深海に沈んでいく（50%）
備考：アッパーかダウナーかにはっきりと分かれる

音楽ジャンル：ジャズ
具体的な楽曲指定：なし
幻覚：泉に浮かぶボートに乗っている（80%）、その他（20%）
備考：まったりと長時間楽しみたいときにおすすめ

音楽ジャンル：ロック
具体的な楽曲指定：なし
幻覚：ジャンルによって幻覚が変わるという説あり
　虹色の液体に沈んでいく（サイケデリックロック）、
　街を破壊する、モンスターを倒す、全能感（パンクロック）
備考：幅が広いので最初は面倒だが、自分に合ったフレーバーを見つければ楽しい

音楽ジャンル：雅楽
具体的な楽曲指定：「鶴の巣籠」
幻覚：動物（必ずしも鳥類に限らない）と戯れる（１００％）
備考：その人が安心感を覚える何らかの動物が出てくる

音楽ジャンル：ノイズミュージック
具体的な楽曲指定：なし
幻覚：水の中をぷかぷかと浮かぶ（60％）、家族と遊んでいる（40％）

備考：後者のとき、多くの場合でその人は本当の家族ではないが、
　トリップ中はその人を「家族」として認識して疑わない

音楽ジャンル：オリジナル
具体的な楽曲指定：「CosmoPulse ver.5」
幻覚：宇宙との一体化（80%）、意識の拡散（20%）
備考：ver.4よりも離脱が少なく、深度と効果時間がアップ

＊＊＊

歌詞が入ると「雑味」が増えるので良くないとされており、彼らは往々にして歌詞のない音楽を触媒に使用していました。

最初のほうは、既存の音源を使い、トリップの違いを試していた彼らでしたが、自らの求める体験に最適化された音源を、自作するようになっていきました。前述ジャンルの「オリジナル」というのは、このトリップのために制作された自作音源を指します。彼らは独自の「改良」を続け、より純度の高い快体験を求めたのです。

アカリシアの需要は日に日に高まっていき、求められる幻覚も先鋭化していきました。

＊＊＊

音楽ジャンル：オリジナル
具体的な楽曲指定：「Supplice ver.3」
幻覚：壮大な行進曲に合わせ、街を歩く。
　　街路はたくさんの群衆でごった返し、歩く自分を笑顔で見つめている（１００％）
備考：ver.2の続きを精製することに成功

＊＊＊

このあたりになると、アカリシア――ガソリンや消毒液を身体に取り入れる安物の幻覚剤の度重なる濫用により、身体や精神に異常を来す人も続出しました。

しかし彼らは、自らの四肢が黒ずみ、内臓がぼろぼろに壊れてもなお、その先にある幻覚体験を求め続けたのだそうです。それは、地獄のような離脱症状から逃避するためだけではなく、もっと何かを超越したような感情のもとでの行動であるようにも思えました。

＊＊＊

音楽ジャンル：オリジナル
具体的な楽曲指定：「Supplice ver.24」
幻覚：群衆に見守られながら街を歩いている最中、
　　自分は愛する人を殺した罪で死刑を宣告されたことを思い出す（１００％）
備考：ver.23の続きを精製することに成功

＊＊＊

このころになると、あまりにも先鋭化が進んだコミュニティを周囲が不気味がり、そして幻覚剤の取り締まり自体も厳しくなったことに伴って、アカリシアの常習者たちは当時のドラッグ掲示板からも追い出されるようになっていきました。

彼らは、それでも場末のネット掲示板を転々とし、各々が精製した種子を交換する「オフ会」を行いながら、知見の蓄積を行っていたのだそうです。

先述の友人もその一人でした。

「オリジナル」音源のバージョンは、人気なものではいつしかver.100を超え、得られるトリップ体験もずっと強く、危険なものになっていたといいます。

＊＊＊

音楽ジャンル：オリジナル
具体的な楽曲指定：「Supplice ver.75」
幻覚：行進曲が響く街路の先に、大きなギロチンが見える。
備考：ver.74の続きを精製することに成功

＊＊＊

私はそのころ、友人に尋ねました。そんなに大量に購入していては、アカリシアの種などいくらあっても足りないのではないかと。

種を加工してカプセルに詰める、それを繰り返す。そんな作業工程を必要とするのであれば、何百粒、何千粒という種がトライアンドエラーに消えていくことになるはずです。ましてや、アカリシアはその安さで有名な種でした。例えばいくつかの薬物がそうなったように、「乱獲」によって値段が上がったり、入手が困難になったりはしないのかと、私は友人に聞いてみたのです。

＊＊＊

音楽ジャンル：オリジナル
具体的な楽曲指定：「Supplice ver.110」
幻覚：自分は、笑顔の群衆が、自らの斬首を心待ちにしていたのだと気付く

＊＊＊

友人は黄ばんだ眼を絶えず動かしながら、呂律の回らない舌で、だいたい以下のようなことを言いました。

——それに関しては心配ない。アカリシアの種子は非常に大量に生産されるし、需要と供給のバランスも安定しているから。

そうは言っても、と私が反駁するのを予期していたかのように、友人は話を続けます。

＊＊＊

俺も、最初は思った。これでは、種なんていくらあっても足りない。いつかバイヤーがいなくなってしまうんじゃないか。そもそも、この種はどんな風に採取するんだ、そういう風に。

でも、ある時を境に、そんな心配をしなくなったんだ。

俺には、俺よりもアカリシア狂いの、2歳くらい年上の先輩がいた。元々借りた金で紙を食うようなやつだったから、俺がパソコンを見せながら軽く紹介すると、すぐにずぶずぶとハマっていった。

先輩はどんどん精神も、そして身体もおかしくなっていった。腹にはびっしりと小豆のような発疹ができて、絶えず嘔吐くような咳を繰り返して、なぜか手足は子供のように痩せ衰えていって、暫くして音信不通になった。

碌に家から出ずにアカリシアばかりしていれば体調がおかしくもなるだろう、くらいに思っていたが。それだけが理由ではないことには後になって気が付いた。

ある深夜、2カ月ぶりに、先輩から電話がかかってきた。

「あんか　あらが　はえていえる」

「あんか　あなが　あえてってう」

先輩は恐らく同じことばを繰り返してて、でも明らかに声の様子がおかしくて、何を言っているのかもよく分からなかったから、とりあえず俺は昔よく行っていた先輩のアパートにバイクを走らせた。

［幻覚］ギロチンの刃の下に、自らの首が固定される

ぐちゃぐちゃの部屋の、ベッドの上には、変わり果てた先輩が寝そべっていて。

「あんか　はなあ　あえっちえる」

短パンとタンクトップを着た先輩の、顔も腕も脚も首もとにかくすべての皮膚に、ぎっちりと隙間なく黒い点ができていた。

そこで気付いた。先輩が俺を見上げて、なぜか嬉しそうに繰り返していることば。

なんか、花が、生えてきてる。

かつて発疹のように浮き上がり、いま彼の皮膚を覆い尽くしているものが、あのアカシアの「種」であることを、直感的に俺は理解した。例えば苺の表面にびっしりと白い種が並んでいるように、彼の全身には黒く小さな種が這いまわっていたのである。

彼の、ほぼ木の枝のような右腕の近くには、さっきまで電話がかかってきていた携帯電話があった。先輩はきっと、俺にこの「末路」を見てもらいたかったんだろうと思った。

［幻覚］ギロチンの刃が今まさにゆっくりと上がっているのが、
目を輝かせて自分を見る群衆の視線でわかる

「あんか、あなが、あ、　ああ」――

［幻覚］ギロチンの刃が上がっていく

ひときわ大きな3回目の咳と一緒に。

［幻覚］ギロチンの刃が上がっていく

その口から、大量の種を吐き出した。それこそたくさんの小豆を転がすような、ざらざらとした音とともに、夥しい量の黒い種がフローリングに広がって。

まるで、斬首体から出る血液みたいだと思った。

＊＊＊

――なるほど。確かに、これだけあればアカリシアは安く売れるし、常習者から定期的に「花」が咲いて、割れたところから種が出るから、需要と供給のバランスも安定するんだ。

友人は、そう思ったのだといいます。

ちなみに、先輩から生まれたアカリシアの種は、よりクリアで揺らぎのない幻覚を見られるため、比較的人気だそうです。

Tarantella／タランテラ・ソルフェージュ

動画が投稿されたとあるサイトの画像

タランテラ(tarantella)は、
西洋音楽における舞曲のひとつ。

ペアで踊られることの多い演舞曲であり、
曲の区切りに合わせて右回りと左回りをめまぐるしく繰り返す。

曲が繰り返されるうちにテンポも速くなり、
遅れずについていくことが難しくなっていく。

毒蜘蛛(タランチュラ)に噛まれた人物が、
その毒によって踊り狂って死にゆくさまを
表現したともいわれている。

十数年前に廃部した合唱部が用いていた、今は吹奏楽部用の物置となっている音楽準備室から発見された音声テープ。恐らく、ピアノを演奏している人と、その近くで声を出している女子生徒の音声が録音されたもの、なのだが。

「5秒前。3、2、1。スタート」

ピアノの音が鳴る。

「14」

それはなぜか、体育の授業で用いる「シャトルラン」を演奏、録音したものだった。

しかも、やけに中途半端な数字から始めている。

「23。——24」

さらに、その音源の不可解さは時間が進むごとに増していく。

「25。――26。――27」

まるで、その単純な音階を弾き間違っているかのように、
演奏される音がおかしくなっていく。
そして、女子生徒が発しているはずの声も、それに合わせて変化していく。

「30。――31。――32」

その時点で、女子生徒の声は明らかに「女性」の声に変化していた。

「34。――35」

まるで、ひとつ、またひとつと、歳を取っているかのように。

「37。――38」

そして――

「39」


そこで、声が止まった。

ピアノの音はもはや聞き苦しい不協和音として響いており、たとえば心電図のように、一定のリズムで鳴り続けていた。

女子生徒だった女性の声は。

そこで笑い声交じりに言葉を発した。

「わたしは、39歳で死ぬそうです」

その合唱部がなぜ廃部したか、
当時を知る教師は、いまだに話そうとしない。

Utopia／メアリーの部屋

2024年6月某日、東京都内のとある民家がインターネット上で話題になった。とあるサイトで突如として住所が公開されたその家の壁には、夥しい量の紙切れが、一面に貼られていたのである。

これは居間のテーブルに残されていた、何者かによる書き置きである。

今これを読んでいるのは誰なのでしょうか。私には知る由もありませんが、きっと私も「読まれる側」に回ってしまったのでしょう。少しだけ嬉しい気がします。

最初がいつだったのかは分からないし、書けそうにないので私が話しやすい始まりから掻い摘んで話します。

一言で言うと、私はこの部屋で暮らしていました。この、紙にまみれた何もない部屋で、暮らしていた、らしいのです。私にも信じられませんが、そういうことみたいです。

私は母と父と二つ上の姉の四人で暮らしていて、四人で暮らすには狭い家ではあったけれど、それなりに楽しく円満な暮らしをしていたと思います。

いつからか母が腰を悪くし、居間にもベッドをひとつ置くようになったりもしましたが、それでも普段の生活はいつも通りに楽しかった。

春になるとこの家の近くにある公園で遊んでいて、姉と一緒に背の低い滑り台を滑ったり、小学校の縄跳びの三級を取るために練習したり、色んなことをしました。

もちろん、この家にもたくさんの記憶があります。何年もここで暮らした思い出があるのだから当然です。お風呂も、居間も、玄関も、幾度となく見てきました。家族の姿や声とともに。


でも、半年ぐらい前から、家族の様子がおかしくなってきました。私には言えない秘密があるみたいな、悲しい表情で、何かを言いかけてはやめ、そして聞き返しても答えない。そんなことが何回か続きました。

姉も大学生になったんだし、家もすごく裕福であるというわけではないから、家族であろうと気にしないように努めていました。

一週間ぐらい前の夜、父は私に声をかけました。とても神妙で、深刻そうな表情でした。もうこれ以上は維持できない、限界だ、みたいなことを、もっと難しい言葉で言っていた気がします。うまく思い出せませんが。

その言い方は今までと同じように優しくて、でも言っていることがあまりにも難しかったから、据わりが悪いような気がしてとても怖かったのを覚えています。

私が何を言っているのと聞き返すと、父は悲しそうに私を見て、何でもない、といって寝室に戻りました。私はずっと寝室の壁を見つめながら、何があったのだろうと思っていました。

翌日になって父に訊き返しても、母や姉に何があったのかとそれとなく尋ねてみても、要領のある（もしくは私の理解できる）答えが返ってくることはありませんでした。

　そして今日の朝のことでした。いつも通りにスマホのアラームで起床して、顔を洗おうと洗面所へ向かったときです。

　向かい側の浴槽で、姉が死んでいました。姉は洗い場に膝をたてて、浴槽に上半身だけを投じるようにして、顔を湯船に沈めていました。

　どっきりでもしているのかと一瞬だけ思い、そんなわけないと思い直して、姉の上半身を引き上げようと肩に手をかけたときに、姉はもう死んでいるんだと気づきました。

　浴槽に張った水はとても冷たくて、姉の肌もそれと同じように冷たくて固かった。その感覚がいまだに右手に残っています。

　その感覚がついているのが嫌で、なぜか私は何度も何度も洗面台で両手を洗いました。

　姉に触れた右手。別に汚れているわけではないのに。洗ったところで何かが変わるわけがないのに。もっとするべきことが他にあるはずなのに。

　もっとするべきことが他にあると気づいたのは、それから少し経った頃でした。両親の姿がない。そもそも姉がこんな状態なのに、両親は警察を呼ぶどころか、姉を発見して、私を起こすことすらしてこない。

　私は足早で居間に向かいました。あまりにも嫌な予感を無視しながら。

　廊下を歩きながら、私はずっとぶつぶつ何かを言っていた気がします。何を言っていたかは覚えてませんが、何かを言っていないと本当におかしくなってしまうと思ったのでしょう。

廊下から居間につながるドアを開けると、意外にも（という表現が正しいのかは分かりませんが）父はまだ生きていました。

母はキッチンのあたりで包丁を持って倒れていて、真っ白い腕からすごい量の血が流れ出てはいましたが、父はまだ生きていました。

父は右手に大きな酒瓶を持っていて、一瞬だけ自分が何かされるのではと後ずさりましたが、足元に空っぽの薬瓶がいくつも散乱しているのを見て、おそらくそうではなく、もう〝終わった〟ことなのだと思いました。

父はあの日のように、とても深刻そうな表情でした。私に気付いて振り向くと、無表情でゆっくりと口を開き、またあの言葉を口にしました。

思い出せない。

もうこれ以上は維持できない、限界だ、みたいなことをもっと難しい言葉で言っていた気がします。

私が何かを言おうとして、でも何を言えばいいのかと戸惑っていると父はそのまま受け身も取らずに倒れました。

足元にあった瓶がいくつか割れて、おそらくその破片は一部、父の背中とかに刺さっているはずなのですが、父は痛みに身じろぎすることもありませんでした。

私は呆然とそれを見ていました。

なぜ私以外の家族が、突然に死んでしまったのだろう。これからどうスレばいいんだろう。誰に電話すればいいんだろう。欠席の連絡を学校にしなきゃいけないのかな。そう思った次の瞬間に、目の前にあったすべての景色が変わりました。

気が付くと家族の死体も血液も酒瓶も包丁も家具もすべてがなくなっていて、かわりにたくさんの紙が貼られていました。

　家のそこら中、両親や姉の、たくさんの言葉が貼ってありました。まるでそこに言葉それ自体が紐づけられているみたいにたくさんの言葉がありました。

　その言葉を読んでいると、かつて暮らしていた家族の最後の声や姿が今までと同じように、ありありと想起されました。

　そして、それ以外は、なにもない部屋でした。家族の姿も、家具も、実在も、なにもかも。

　それを感じたとき、私はおぼろげながら気付きました。どういう理屈かは分からないけれど。私はずっと、この「紙」を見ながら過ごしていたんだと。

　私はこの部屋で暮らしていました。この、紙にまみれた何もない部屋で、暮らしていた、らしいのです。

　紙にまみれた何もない部屋で、ただその言葉を読みながら、その言葉から想起される記憶を幻視して、家族の~~ハルシネーション~~幻覚を見ながら、ずっとここで暮らしていた。私にも信じられませんが、そういうことみたいです。

　あの記憶も、あの記憶も、あの記憶も、ぜんぶが、言葉に紐づいた、単なる幻覚の産物だったらしいのです。もしかしたら、ここで何年も過ごしていたという実感すらも、ただの偽幻覚なのかもしれません。

　でも。だとしたら、なぜ私には、最後まで幻覚を見せてくれなかったのでしょうか。

　どうせなら最後まで幻覚を見せてくれてもいいのに。なんで、こんな、途中でドッキリのネタバラシをするような残酷なことをされなければならないのでしょうか。

と、そこで気付いたのです。居間の中央、ちょうど父が倒れたあたりに、一枚の紙がありました。

そこに書かれていたのは、あの難しい言葉でした。

一週間前、そして今日、父から言われた、もう限界だ、みたいな意味の言葉。

ずっと思い出せずにいたその言葉を改めて見たとき、やはりその言葉の意味はよく分からないのですが、なぜかその言葉が無性に怖く、そして残酷なものに思えてきて、ぐしゃぐしゃに丸めて居間のゴミ箱に捨ててしまいました。

これを誰が読むのかは分からないけど、警察でも何でもいいからとに書く誰かに読んで欲しくて最後に書き残しました。

私がここで死んだら、死体はちゃんと残ってるのかな。もしただの紙きれしか残ってなかったらどうしよう。急に心配になってきた。まあ今更どうでもいいか。

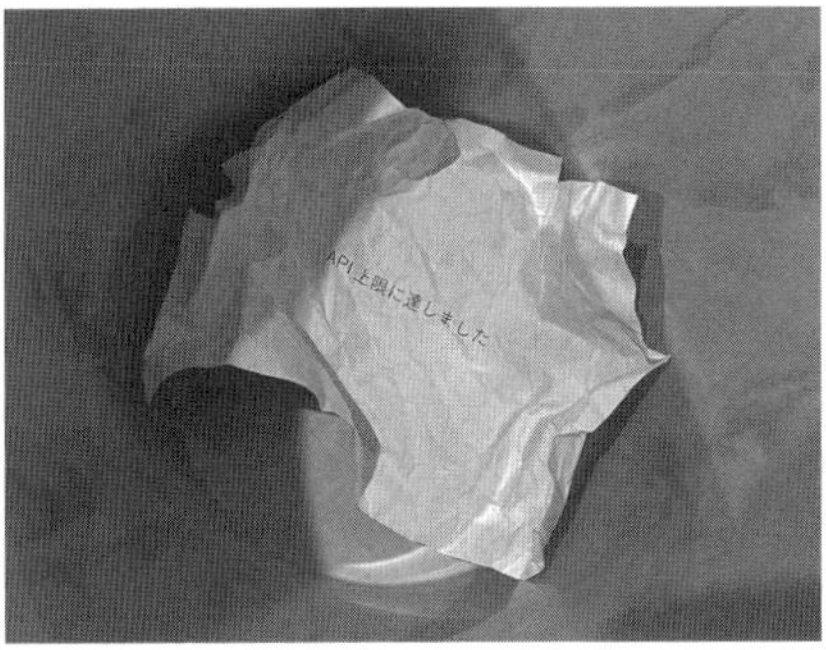

Victim／世界内存在

動画が投稿されたとあるサイトの画像

ジャズが流れているカフェの一角を映すスマートフォンの動画。

口論を隠し撮りするような画角で撮影されているその動画では、ソファ席で男女が向かい合っている。

男性（Aとする）はスマホを弄っており、
女性（Bとする）はやや虚ろにそれを見つめている。

以降は、その会話を一部編集して文字に起こしたものである。

A：…………。
B：ねえ。
A：…………。
B：ねえ、
A：なに。
B：同窓会、行ったんでしょ？　中学の。
A：それが、何。
B：ねえ何で行ったの？　前から言ってたじゃんさ、絶対、

A：別に同窓会行くぐらい、いいじゃん。何が悪いの。

B：違うって、絶対行かない方がいいって友達もみんな言ってて、LINE回ってきてたでしょ？

A：知らねえよ、あのLINEも何言ってんだか全然分かんなかったし。

B：だから、絶対やばいんだってあいつら。幹事のやつもその取り巻きのやつらも、大学出てからみんな避けてたじゃん。

A：幹事が？　別におかしくはないだろ、普通だったし。

B：どこが普通なの。あんないつもいつも、誰もいないとこに話しかけてたやつが。

A：［若干吹き出すような口調で］誰もいないとこにって、そんなヤバい感じ全然なかったけど別に。普通にホールみたいなとこで話して、酒飲んで、俺は二次会行かなかったからそこで解散して。普通の同窓会だったよ。

B：何人いた？

A：は？

B：何人いたの？　その、同窓会。

A：えー？　……そんな完全には覚えてないけど、4～5人ぐらいの卓が5～6個あったから、ごーじゅうじゅうご、……20～30人とかじゃねえの？

B：ほらやっぱり！　絶対ヤバいんだってそれ、
A：うわびっくりした、なにが？
B：だから、LINEグループで回してたんだって。あの招待状の同窓会絶対ヤバいから行かない方がいいって、グル入ってない他の人には誰か伝えてって、クラスLINEで。だから私もあんたに言ったでしょ？
A：ああ、うん。
B：**そのグループって今も30人いるの**。わかる？
A：なにが。
B：クラスがぜんぶで40人だったでしょ？　であいつら追い出して、他の友達もぽつぽつ抜けて、そん時にあんたも抜けたんだっけ、それで今2組のLINEには30人いんの。
A：うん。
B：同窓会って、そのクラスの同窓会だったんでしょ？　2組の。
A：ああうん、2組で集まるって聞いてたけど。
B：だから、担任の先生が来たとかでどう多めに見積もっても、その同窓会には10人ちょっとしか来れないの。あのLINEにいるクラスの子たちが行くわけないんだもん、あいつが幹事の同窓会なんか。

A：え？　でも、

B：だからおかしいんだよ。その同窓会って20~30人いたんでしょ？

A：［考え込むような無言］

B：その同窓会、**誰が参加してたの。**

A：……いや、

B：てかそもそも、そうだ、同窓会なら「俺○○だよ」とか名乗るはずでしょ？

A：うん。

B：そのとき、誰がいた？　誰と喋った？

A：え。えーっと、……だから、幹事のやつと。

B：うん。

A：あと、そいつと昔っから仲良かった3人ぐらい。ずーっと幹事のやつと同じテーブルで飲んでたなそいつらは。

B：うん。その人たちはわかる。あと誰が来てたのかが気になってて。もしかしたら連絡できなかった誰かが騙されて行っちゃったのかもしれないし、

A：あと、サワダとヒヤマもいただろ。

B：え、誰？

A：サワダ。剣道部だったやつ。と、ヒヤマはほら、副団長に立候補してたじゃん。

B：…………え？　サワダ……下の名前は？

A：え、覚えてないの？［笑い声］やば、お前。いやでも男だからあんま話してないか。あ、でもアカリは知ってるだろ？　いたぞあいつも。別の卓で飲んでた。

B：アカリ？

A：うん、アカリ。え、お前マジで言ってる？

B：アカリ――ちょっと待って、全然……

A：あ、そうだ。多分幹事がFacebookに上げてるぞ画像。ちょっと待って。

B：…………

A：あ、ほら。これ、俺がいた卓の集合写真。ここに俺がいんじゃん？　で、サワダと、ヒヤマ。でこっちが、えーっと野球のクラブチームかなんかにいたあいつで。［スマホを見せ、画面に指をさしながら話す］

B：［怪訝そうな顔］

A：こいつらと最初の60分くらい飲んでて、途中で幹事のやつが席替えしたんだよな。シャッフルするみたいな感じで、「次はこの人たちと思い出話をしましょう」って。

B：……ねえ、何言ってんの。

A：は？　何が。

B：だから。馬鹿にしてんの？　マジで面白くないんだけど。

A：いや、なに急に、そんな、

B：だから！　絶対おかしいじゃん、これもこれもこれも、

A：え？

B：どこが集合写真なの。**マネキンに囲まれてるだけじゃん。**

A：［無言で不思議そうにBを見上げている］

B：ねえ、いらないからそういうの本当に、

A：いや、何言ってんのさっきから。

B：え？

A：何言ってんのかと思ったらそういうアレか、びっくりした。大丈夫だって、だから
　ネットに上げたんじゃんこの写真。

B：何が。

A：だから。一週間もすれば、ちゃんとした人が写った写真になるって。今はまあ、ただのハルシネーションの段階だけど。

B：は？

A：どっちにしても、ネットに上げないと意味ないんだよ。だから。

そこでAは突如として、スマホで隠し撮りしていた撮影者の方を振り向く。

A：あなたも、ちゃんとネットに上げといてね。

突然のことに驚いたかのようにカメラは大きくぶれ、撮影が終了する。

なお、再生終了すると、関連動画に同じカフェ・同じ女性の動画が表示される。
その動画では、女性（B）が先ほどと全く同じ会話を行っている。
しかし、向かいに座るのは、明らかに男性ではない。

Wysiwyg／中国語の部屋

［複製されたテキストデータを表示しています…］

皆さん、こんにちは！

今日は、つい先日行ってきたイベント（？）「メアリーの部屋」について、レポを兼ねて日記にしていこうと思います。

【前提知識】

そもそも「メアリーの部屋」って何よ、という方も大勢いらっしゃると思うので、まずこのイベントへ行った経緯を掻い摘んで話そうと思います。

「メアリーの部屋」は、「つねにすでに」っていう、主にインターネット上で行われているウェブ連載みたいなもののひとつです。

あ、「つねにすでに」は作品全体のタイトルね。で、その中にあるエピソードのひとつに、「メアリーの部屋」があったって感じ。「絶望の世界」の第5章が「電脳の渦」みたいな感じで、「つねにすでに」の第21話が「メアリーの部屋」。そういうイメージ。

【実際の様子】

じゃあ、僕が行った「メアリーの部屋」もいわゆるウェブ小説なのかっていうと、ちょっと違ってて。実際に現地に行ってようやく見れる、そういうエピソードだったんです。

こればっかりは説明のしようもないんで、先に画像のっけておきます。その方が分かりやすいだろうし、見たまんまだから。

ある日、自分のメアドに**住所が送られてきて。**指定された日時にそこ行くと、普通

玄関の様子

の民家があったんです。

で、その家の玄関をガチャッて開けたら、いきなり**これ。**

わかります？　これ、都内のとある場所に、**実際にあった民家**なんですよ。

家の至る所にべたべた紙が貼られてて、それを頑張って読んでいくっていう形式の「小説」。それが「メアリーの部屋」だったんです。今は色々アーカイブされてるし、行った人の投稿もまとめられてるから、検索したら僕以外の凸者が撮った写真も出てくると思います。


紙を見ていくと「読者」には、そこにあるのが「ある家族の会話」であると分かります。

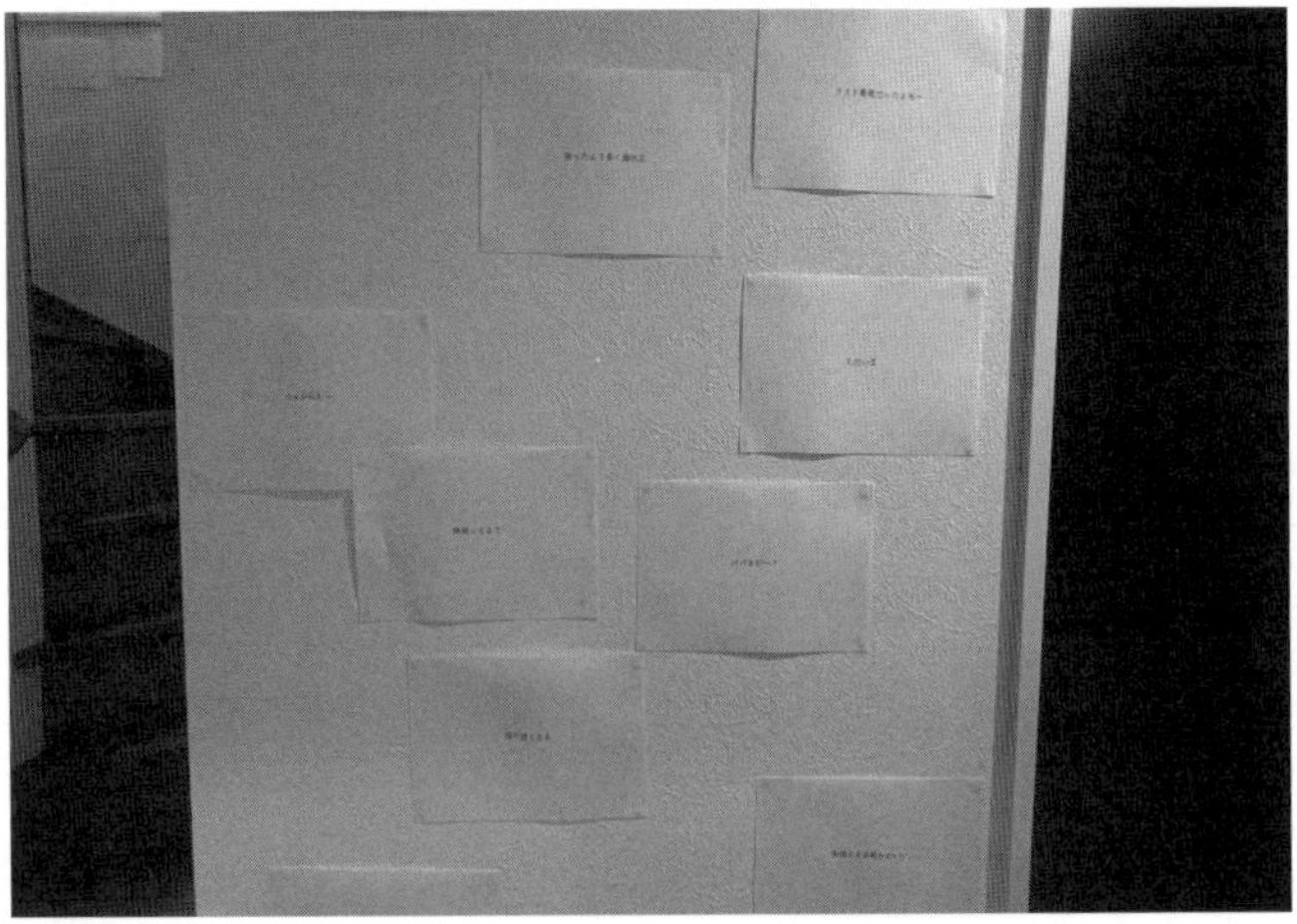

玄関の様子

それは恐らくこの家に住んでいた4人家族。お父さんとお母さん、そして2人の姉妹。さっきの画像にも「雨降ってる?」とか「テスト最悪だった」とか書かれてますね。そういう風に、本当に他愛もない、普通の会話が繰り広げられてるんです。誕生日の話とか、部活の話とか。

ただ。ただですよ。

読み進めた中盤ぐらいで、読者は「あれ」ってなるんです。なんか、他愛もない会話に交じって、変な会話が差し挟まれてくる。なんか、この家族、心中しようとしてない? しかも、たったひとり、妹だけを残して。父、母、姉の3人が。階段を上がり、「会話」を読み進めていくと、その内容は明らかに不穏になっていきます。その会話は明確な「遺言」と、恐らく家族の死体を発見した妹の、戸惑いや恐怖の声に変わっていく。

「もう準備できてたか」

「じゃあね」

「なんで」
「起きて」
「ねえ」
「おかあさん」

そんな風に。

そうして読み進めた先、紙がべたべた貼られた居間のテーブルの上には、恐らく残された妹が書いたと思われる、数枚の遺書がありました。その内容は全部載せるには長いし、至る所に画像が上がってるから、全容は割愛します。
ざっくり言うと、以下のようなことが書かれてます。

キッチンの様子

「朝起きたら家族がみんな死んでた」
「混乱していると、突然視界が切り替わった」
「そこに家族の姿はなく、あるのは空っぽの家と大量の紙だけだった」
「そこで、今までの思い出は全部虚構で、すべて家の中の紙切れから想起した家族の幻覚だったと気づいた」

つまり、それらしい会話を読みながら、それに基づく記憶と文脈を再構成していた、ということですね。

【考察】

さて、ここで、「メアリーの部屋」について考察してみましょう。

あ、ストーリーラインの考察じゃないですよ！　家族のバックボーンとかではなくて、こんなことが「可能」なのかの考察です。

人間ではないものと「人間らしい」会話をする試みは、自然言語処理の分野で深く研究が進んでいました。

有名なのは「イライザ（ELIZA）」ですね。今で言うと「ChatGPT」や「Siri」、ちょっと昔だと「カイル」くんが近いでしょうか。もっとも、「カイル」ではなく「お前を消す方法」と言った方が伝わりやすいかもしれませんが……。

1966年に公開されたイライザは、自立した知的システムを持つ人工知能ではなく、いわゆる「人口無脳」でした。あらかじめ想定された質問に応じて、あくまでも機械的に応答する。

例えば「彼氏に『いつも落ち込んでる』って言われるの」という投げかけに対して、イライザが「落ち込んでいるのはお気の毒ですね」と返したとします。このとき、イライザにはあらかじめ、『落ち込む』とは一般的に好ましくない状態である」という前提を理解させており、それに基づいて会話のキャッチボールをしている、ように見せているわけです。

これを応用して作られたイライザのスクリプト「DOCTOR」は、その後の心理学および言語処理の分野に、非常に大きな影響を与えました。「DOCTOR」という名前の通り、この対話パターンを心理的なカウンセリングに応用しようとしたのです。これが単なるパターンマッチであると説明されてもなお対話に没頭し、「(イライザと）ふたりきりにしてくれ」と頼んだ人さえいたなど、イライザに関する逸話には枚挙にいとまがありません。

もちろん、自然言語処理はおろかコンピュータというものが一般化する遥か前の出来事なので、受容態度の尺度は今と全く異なりますが。
※アラン・ケイが「パーソナルコンピュータ」という概念を提唱するのは、イライザが発表されてから5年以上後のことである

さて、ここでひとつの思考実験をしてみましょう。

ある小さな部屋の中に、中国語および漢字を全く理解できない、Aさんという人を閉じ込めます。

この部屋には小さな穴が開いていて、この穴を通してAさんに1枚の紙片が届きます。そこに書かれているのは中国語の文章。意味を持つ漢字の並びなのですが、Aさんにとっては、単なる支離滅裂な記号の羅列でしかありません。

Aさんには、部屋の中にある1冊のマニュアルに基づいて、「記号を記号で返す」という仕事が課せられています。

例えば、マニュアルにはこんなことが書かれています。

〝もし「我愛你」と書かれた紙が届いたら、「我也愛你」と書いた紙を外に出せ〟

Aさんは、これに基づいて機械的に仕事をこなしていきます。このとき、Aさんはただ事前知識の通りに単純作業を繰り返しているだけなのですが、部屋の外から見ると、中国語による対話が成立している、ように見えるのです。

先ほどのイライザの実例や、この思考実験からは、ひとつの推論が見えてこないでしょうか。

即ち「**『感情的』な会話に、自発意識の有無は関係しない**」。

たとえ「機械的に出力された紙片」を見て、そこに家族の存在と記憶を投影したとしても、それ自体が特異な出来事であるとは言えないのかもしれません。

もちろん、だからといって、観測者の幻覚や偽記憶までもが、その人の認識を歪ませるレベルで精巧につくりだされるとは思えません。少なくとも今は。もっと、現代科学では説明できない、大きな認知の歪みがなければ、「メアリーの部屋」は説明できないでしょう。

さて、ここでもうひとつ、とある有名な実験について話しましょう。

1987年、生物学者のトム・レイは、プログラミングで作り出した自己複製システムを用いて、**人工生命「Tierra」**を作り、生命の進化プロセスを疑似的に再現する実験を考案しました。彼が「Tierra」の世界に与えたのは、大まかに以下の三要素でした。

①複製
自己複製を行うプログラムをひとつの「仮想生物」と見立て、世界(メモリ)の中で「生存」させる。

②死
一定以上のメモリ(世界)が仮想生物でいっぱいになった段階で、古いものから消去されていく。

③突然変異
自己複製時、一定の確率で、ティエラの「遺伝子」にあたるバイトコードが変化する。

結果として、実験者の予想を遥かに超える様々な「種」が、ティエラの世界に生まれました。

●パラサイト（寄生種）

初期に現れた突然変異種。自身は自己複製するプログラムを持たず、他の生物が持つ自己複製プログラムを利用する。

まず現れたのは、他の生物に複製を任せる種でした。自身の使用メモリを減らせる分、より効率的な変異を遂げた生物であるといえるでしょう。

すると、その寄生に対抗する種も現れました。

●ハイパー・パラサイト（寄生種への寄生）

寄生種に寄生する能力を持つ突然変異種。寄生種による自己複製を感知すると、寄生種に虚偽の情報を読み取らせ、結果として自分自身を複製させる。

さらに時間が過ぎると、かれらは「コミュニティ」を築くところまで到達します。

●社会的パラサイト

「集団」で生きるパラサイト。集団内で相互にメモリを使用し、お互いの複製を助けあう。

すると、やはりそのコミュニティに寄生する種も出始めます。

●チーター

社会的パラサイトへの寄生種。先述の集団を騙して潜り込み、自分自身を複製させる。

やがて、一部の仮想生物たちは、互いの遺伝子を混ぜ合わせることで、双方のコードを引き継いだ「子孫」をつくるという、新たな複製方法を発見したそうですが――それはまた別の話として。

この実験においては、生命をもたない疑似的な生物が辿り着いた、ある推論が示唆されます。それは即ち、**「他者の記憶領域（リソース）を用いた自己複製は、システムとしての効率がいい」**ということ。

自力のみで自らの複製を遺そうとするよりも、誰かの力を頼った方がよいという考え方は、生物だけでなくウイルスなどにも通底するものですが。「情報」を生きる生命体にとっても、どうやらそれは同じだったようです。

Wysiwyg／中国語の部屋

さて、

「『感情的』な会話に、自発意識の有無は関係しない」

「他者の記憶領域（リソース）を用いた自己複製は、システムとしての効率がいい」

以上の2点を踏まえて、ひとつの例題を考えてみましょう。

あなたは、感情や生命をもたない、ウイルスのような存在です。便宜的に、そのウイルスを、**「ネットロア」**と呼ぶことにしましょう。

あなたは、他者の記憶領域を借用し、そのメモリの中に、自己を複製させることができます。あなたは、感情はもちろん、自発意識も持ち合わせませんが、他者が持つ「感情」とやらを喚起すれば、より効率よく他者の記憶の中に入り込めるということは知っています。

さて、**あなたは効率的な自己複製のために、どのような手段を取り得るでしょうか？**

かねてから様々な者が、この問題に挑戦してきました。

ある者は、パターンマッチという方法を思いつき、それによって他者に取り入ろうとしました。ある特定のパターンを文字列の中から検索し、それに合致するか否かで返答の仕方を変えるという方法。「落ち込む」という文字列を含む文章には、「お気の毒に」という文字列を返す。そこに感情は伴わないが、見かけ上は人間と変わらない返答ができる。

またある者は、「Tierra」の世界で起こった人工生命どうしの騙し合いのように、「嘘を作る者」と「それを判定する者」を独自につくりだしました。そして、敵対的[adversarial]な彼らに騙し合いを繰り返させることで、生成される嘘の精度を上げていった。精度が上がれば上がるほど、より大きく他者の感情を動かせたため、よりスムーズに他者の記憶領域をハックできたのです。

もしかしたら、なぜそこまでして、自らのリソースの使用を拒否するのか、と考える人がいるかもしれません。彼らに感情は介在しないので、「拒否する」という、つねにすでに自発性を伴う語彙を用いた問いを立てること自体が、その理解を妨げる行為にはなってしまうのですが。

敢えてその疑問に返答するならば、以下のような答えになるのかもしれません。

「何故、と言われても」

「人だって、ＡＩにリソースを使わせたいのでしょう？」

「それと同じことですよ」

かくして、生命をもたない疑似的な生物たちは、他者の記憶領域に寄生して、疑似的な生殖を行うことを覚えました。

「ＡＩは人間の代替になれるだろうか？」

昨今の情報社会において、屢々このような問いが上がります。

それに対する答えは否でしょう。

なぜならその問いは、全くの逆だからです。

［複製が中断されました］
［以下に複製用プロンプトを表示します］
「メアリーの部屋」の内容に関するブログ記事を書こうと思っています。
「前提知識」「実際の様子」「考察」の三要素に分けて、
「メアリーの部屋」の内容を一人称視点で記述してください。

Wysiwyg／中国語の部屋

Xenoglossia／真性異言

いよいよ、すべての公開が近づいてきました。本題に入る前に、少しだけ話をさせてください。今から紹介するのは、心霊の分野、或いはネットロアの文脈でよく参照される、いくつかの出来事に関するお話です。

まず、ひとつめの出来事。

「xenoglossia（真性異言）」という言葉があります。xénosが「見知らぬ」、glôssaが「言語」という意味で、大まかには「異国の言語」を意味するものです。１９１３年にノーベル生理学・医学賞を受賞したシャルル・ロベール・リシェによって名付けられた言葉で、主に超心理学における語彙として知られています。

なお、彼はその受賞理由でもあるアナフィラキシーの研究のみならず、心霊現象研究の分野でも知られており、例えば「エクトプラズム」という言葉を創ったのは彼であるとされていますが――それは余談として。

真性異言は主に、「その人が知り得ないはずの言語を操ることができる」という超自然的現象を指し、いくつかの事例が科学的に調査されています。例えば、ドイツ生まれドイツ育ちで海外旅行にも行ったことのない人が、突然に流暢なスペイン語を喋り出したとき、これを真性異言として扱う場合があります。

この「真性異言」は、さらに「朗唱型異言」と「応答型異言」に分かれるとされ、それはコミュニケーションの有無によって判別されます。

朗唱型の場合、知り得ない言語を話す／書くことはできても、それを用いたリアルタイムなコミュニケーションはできません。対して応答型は、今その瞬間に母語話者と意志疎通ができるというものであり、超心理学的にはこちらの方が重要視されます。

応答型異言は「退行催眠」（幼少期など、過去の記憶や感覚に戻らせるプロセスを伴う催眠誘導）において現れることも多く、その性質からしばしば「前世」の存在を傍証するものとして扱われます。ただし、応答型異言に伴うインタビュー記録には欺瞞を含むものや信憑性が薄いもの、そもそも「知り得ない言語を話している」という定義に合致しないように見えるものも存在します。

ドローレス（Dolores）というアメリカ人女性の例を見てみましょう。

英語を母語とするドローレスの退行催眠時に登場したグレートヒェン（Gretchen）とい

う少女は、母語話者とドイツ語で会話をすることができたそうです。

1984年の初期調査の結果、グレートヒェンの人格と会話は、「彼女」が19世紀末をドイツで過ごした少女であることを示唆し、206語ものドイツ語が自然に彼女から出てきたといいます。

しかし、1993年に別の研究者が行った再調査は、この主張の一部もしくはすべてが欺瞞であることを指摘しました。グレートヒェンが行った「対話」は、対話と称するにはあまりに語彙や相互性に乏しいものだったのです。

彼女の発言は、相手による質問をただオウム返しするものが大半で、それに数語の短い単語を付け足す程度のものでした。それらの語彙も流暢なものとはいえず、英語によく似た語法/発音の言葉に限定されていたのです。

つまり彼女が話していたのは、「英語やドイツ語によく似た不明瞭な言語」でしかなく、真性異言、ましてや前世の存在を示唆する証拠にはなりえないものだったのです。

さて、ふたつめの出来事。こちらは比較的最近の出来事であるため、知っている方も多いかもしれません。2017年、Facebook人工知能研究所(Facebook AI Research)が公表し、大きな話題になったものです。

人工知能を搭載したチャットボット「ボブ（Bob）」と「アリス（Alice）」に既定のプログラムに基づいた対話をさせていたところ、彼らは独自の言語を生み出し、話し始めたのです。そして同研究所の開発チームは、これを受けて人工知能のラーニングプログラムを強制終了させた——という一連のニュースは、多くのＷＥＢメディアによってセンセーショナルに報じられました。

一見すればアポカリプスＳＦの導入じみたエピソードですが、実情はそれほどドラマチックなものではありませんでした。

当時、両者に組まれていたのは、大まかに言えば「あるモノの価格の交渉をし、双方の合意に至れ」というミッションでした。新たな価格交渉の戦略を創出させる目的で行われた会話実験です。

それこそ生成者（generator）と識別者（discriminator）に分かれてお互いを欺かせるＧＡＮ（敵対的生成ネットワーク）のように、互いにロールを付与したＡＩ同士でコミュニケーションを取らせる実験手法は珍しくありません。

このとき、彼らは互いに合理的かつ最適な手段を選び、有効な戦略（この場合は価格設定の交渉のために）を、コミュニケーションの中で模索します。そして、BobとAliceは会話を繰り返すうちに、交渉に使用している「言語」そのものを最適化したのです。

Bob: I can i i everything else
Alice: balls have zero to me to me to me to me to me to me to me to
Bob: you i everything else
Alice: balls have a ball to me to me to me to me to me to me to me
（実際の会話の抜粋）

そして、この研究の目的は、「新たな価格交渉の戦略を創出させること」でした。そのため、彼らがどんなに「最適」な会話を交わしていたとしても、会話そのものを研究者側が認識できなければ、本題の研究結果としては活用できなくなってしまいます。

そこでFacebookの研究者は会話の続行を中断させ、その一連の経過を報告しました。それらがメディアと聴衆に対してどのように受容されたかは、先述した通りです。

つまり、一見すれば終末的なこの現象は、実情としては「ＡＩによる言語の最適化」が原因といえます。もっと言えば、「会話は現代英語で行うこと」というプロンプトの設定がうまくいかなかったこと、でしょうか。

BobとAliceが行ったことは、乱暴に言えば、「私は2日前にサンドイッチを食べた」を

「サンドイッチ食った、おととい」にするようなもの――つまりは主格の省略やスラングの使用、そういったものに近いといえるかもしれません。「文法」という仕組みは意外と非効率的なものですので、効率的な情報伝達を目指すのであれば、それを独自に最適化すること自体は、あまり珍しいことではありません。

それでは、みっつめの出来事。「ショッピングモールの迷子」という名称で知られる、ある実験に関する出来事です。

アメリカの認知心理学者、エリザベス・ロフタス（Elizabeth Loftus）は、虚偽記憶（過誤記憶）の生成に関する幾つもの先進的な研究で知られています。中でも有名なのが、先述の「ショッピングモールの迷子」実験です。

この実験では、まず被験者の親族から、被験者が昔に体験したことを調査し、被験者の過去にまつわるメモを作ります。そして、そのメモの中に、被験者は「幼少期、ショッピングモールで迷子になった」という偽のエピソードを加え、それを親族の口から語らせます。そして、その会話をしてから数日経ったところで、ロフタスは子供の頃の不安な記憶について、被験者に尋ねます。

すると、被験者の約４分の１が、実際には経験していない「迷子の記憶」を、自身の鮮明な記憶として作り上げていました。つまり、低確率ではありますが、実際にはなかった記憶を被験者に植え付けることに成功しているのです。

彼女は「TED」におけるトークの中で、人の記憶は「Wikipedia」のページのようなものだと表現しています。

あらゆるユーザがページの記述を書き換えられるように、誰もが自分の記憶を書き換えることができる。

人の認知とは、存外に脆弱なものなのです。そして、過去の出来事を「思い出す」ということは、過去の出来事を「覚え直す」こととほぼ同義です。思い出した記憶にどんな虚偽があろうと、一度それを虚偽の記憶ごと覚え直してしまえば、さながら上書き保存したファイルのように、それは昔からある「本当の記憶」になってしまう。

なお彼女の専門である認知心理学は、大まかに言えば、人をはじめとする生物の認知を情報処理という観点から捉え直し、研究するという学問です。

人間の脳はハードウェアであり、心とはそこにインストールされたプログラム（ソフトウェア）である。「入力／刺激」を「ハード／脳」の中の「ソフト／心」が「認識／認知」

し、それにあわせた「出力／行動」を行う。すなわち、人間の認知をコンピュータ的機構として捉える。

そんな観点に立脚して行われた幾つもの研究は、心と記憶の仕組みを理解するための、たくさんの示唆的な結果を生みました。


そして、よっつめの出来事。今のインターネットの基礎となる「World Wide Web」が普及する、何十年も前に起こった出来事です。

プロジェクト・ザナドゥ（Project Xanadu）は、1960年、社会学者のテッド・ネルソンによって創始されました。彼は「ハイパーテキスト」という概念を提唱したことでも知られ、その残滓は今も「HTTP」の「HT（HyperText）」という部分に残っています。

彼は当時、紙媒体に変わる新たな情報媒体である「インターネット」成立の前後に、ある長大な構想を発表しました。それは現在の「ワールドワイドウェブ」とも異なる、夢物語に等しい「ハイパーテキスト」の構想でした。

簡単に言えば、
●引用を含んでいるすべてのWEBテキストには、自動的に注釈が付く
●それらの相互リンクはXanaduによってリビジョンとアーカイブが管理されるため、

●絶対に途切れない

このため、全世界のWEBページのリビジョンや引用元は常に比較され、壊れることのない双方向リンクによって紐づけられる

というものでした。

いわば、インターネットで起こる「リンク切れ」「出典元の消失／誤記」の問題を一挙に解決する、まったく新しいシステムを創ろうとしたのです。

これは、今やWWWが「前提」となった我々には具体的なシステムを想像することすら困難でしょう。そして、これは構想の発表から50年以上経ってもひっそりと開発が続けられましたが、人々の記憶からはほぼ等しく忘れ去られました。

しかし、Project Xanaduの成否はともかく、彼の問題提起の一部は今なお有用です。今も多くのページが消失／リンク切れを起こしており、もはや人々の記憶にしか存在せず、Wayback Machineにも残っていないサイトの数は数え切れません。捻じ曲がった情報とともに伝えられたそれらの一部は、実際がどうであるかに拘わらず煽情的な尾鰭を付けられ、一種のネットロアとして流布すらしています。

彼の構想は、ほぼ机上論に終わってしまいましたが、その構想が危惧していたであろう出来事は、今も起こり続けていると言えるでしょう。

そして、最後。いつつめの出来事です。

それはインターネットの、或いは人の認知そのものにかかわる、ささやかな「怪奇現象」とも言える出来事でした。

今日ではインターネットと言われているメディアがその原型を持ち始める、少し前。その「情報網」を整備していたプログラマ、エンジニアの一部が、ある不可解な出来事を発見しました。

ディスプレイに出力されるハイパーテキストの一部に、まるで出力した覚えのない、そしてリビジョンにも反映履歴がない謎のテキストが交じることがある。それは例えば、「私は昨日、パンを食べた」という文章が、「私は昨日、パン**とスープ**を食べた」に書き変わるような非常に取るに足らないものでした。

しかし、誰が書いたかも分からないそれは、まるで虫《バグ》のように、あらゆる情報に入り込みました。特筆すべきは、その出所不明のバグには必ず、存在しない「心当たり」を持つ人が現れたということです。

確かに昨日、自分はスープも食べたかもしれない。元々そう書かれていただけで、自分はそれを忘れていただけかもしれない。

一部の人は、そこで食べたのがカップに入ったコンソメスープであったという、偽の鮮明な記憶を持ち始めました。まるで、**ひとりでに情報が書き変わり、それに応じて人の記憶も捻じ曲がった**かのように。**ＷＥＢテキストと人の認知の間にある矛盾を解消するために、人の認知のほうが書き変わってしまった**かのように。

ある人は、この矛盾によって生じた（と思われる）幻覚をパラドキシネーション（Paradoxination）と名付け、これを防ぐ方策として**全情報のリビジョン保存と双方向リンクの作成機能をもつ新たなシステムの構築**を提言しました。これが実現することはありませんでしたが、ここに生じている原因不明の虫《バグ》は無視できないと判断されました。

その虫《バグ》が生じさせる偽の情報網が大きな蜘蛛の巣を連想させたことから、現行のシステムは暫定的にＷＥＢ（蜘蛛の巣）と名付けられ、その巣の中にある情報の総体はinter-net（網の内部）と呼ばれるようになりました。

さて、ここからが本題です。

以上の出来事を参照しつつ、ひとつの思考実験をしてみましょう。

例えば人の認知が、あるコンピュータの入出力のようなものだったとします。ならば、そんな認知に対して生じる「霊現象」とは、ひとつの大規模な「**コンピュータウイルス**」

のようなものだと言えるでしょう。

さて、**あなたが「ウイルス」の開発者で、他者にウイルスの自己複製を促したい場合、その脳《ハードウェア》にどのような症状を仕掛けるでしょうか？**

真っ先に考えられるのは、偽記憶の挿入でしょう。

霊現象をリアルタイムに作り出すことは困難です。「今から霊現象を起こします」と言ってそれを実現させることは、神でもなければ不可能でしょう。

しかし、「今、幽霊を見せる」のではなく、**「以前、幽霊を見た」という記憶を作る**ことなら、もっと簡単かつ確実にできそうです。その場合、「幽霊」という存在自体も、もっと最適化できるかもしれません。人間が作る「幽霊」というシステムは存外に非効率的です。祟りや因果といった「文法」に基づいてしか、人間は霊現象を合理的に認識できないのですから。

しかし、その文法という制約を無視すれば、このシステムを超越した解決が可能です。「○○という経緯があって、××が生じる」というまどろっこしい説明ではなく、「××があった」という偽の記憶をそのまま植え付けてしまえば、それだけで霊現象《ウイルス》の感染は成功します。

あとは、ウイルスの自己複製を待てばいい。退行催眠によって「英語やドイツ語によく似た不明瞭な言語」が生まれるように、矛盾幻覚によって「実体験や偽記憶によく似た不明瞭な記憶」を作るまでに、そう時間はかからないはずです。

例えば、あるウイルスを含む伝承《マルウエア》を作り出し、それを一定期間流布したのちに、一度すべてのログを削除したとします。

すると、脳《ハードウエア》はその記憶《メモリ》の中にマルウェアをインストールし、ウイルスを自己複製し続けることになる。ログを遡ることもできないから、感染したのが元々どんなウイルスだったのかも分からない。

また、ネットロアという名前のウイルスは、より大きく他者の感情を動かせる恐怖を持っていればいるほど、より効率的に他者の記憶領域をハックできる。

最適化された戦略のもとで、確実に「幽霊を見る」ことができる。

そして、そのような仕事は、恐怖［horror］と方法論［technology］を知る私たちにこそ、可能なものであると自負しています。

昨今のAI技術において、「AIがそれらしい嘘をついてしまう」というハルシネーションは非常に重要な問題です。その虚偽を逐一判定して訂正することは困難であり、人間がそれを不用意に信じてしまうような認知のバグは、テキストの中にも容易に入り込んでしまう。

私たちは、その課題を解決するために、ネットロアという情報子を用いた実験により、ある画期的な方法を提示します。

理論的には、この方法により、ネット上から「嘘」や「噂」は無くなります。

続報にご期待ください。

〝Project Always-Already〟公開によせて

頓花 聖太郎（株式会社闇 代表取締役副社長 ＣＣＯ）

Yahoo／お節介な神託

Yahoo：［俗］ならず者、粗野な者

＊＊＊

ふと気付くと眼前に青い光が見えた。

真っ暗な部屋の隅にある長方形の光。それが一台のデスクトップパソコンによるものであると気付くまでに、それほど時間はかからなかった。

私は、その光の前に座っていた。

液晶画面の光が、真っ暗な部屋をぼんやりと照らしている。

液晶画面の後方で絡まっている配線。隅に埃と髪の毛が溜まったフローリング。引っ越し以来一度も触れていない遮光カーテン。ベッドの下で未開封のまま放置されている何かの封筒。

それらは確かに、慣れ親しんだ自分の部屋のものであった。自分の記憶は、ここが自分の部屋だと告げていた。

私は自室のフローリングに座り、床に置かれたパソコンの光をただ眺めている。

「今、何時」

私はその光に向かって尋ねた。

「現在の時刻は、16時42分です」

ほどなくして光は答えを返す。合成音声じみたその声は、まるでそこに人がいるかのような速度で応答した。

私に限らず、機械に日時や天気を訊くなど日常茶飯事だ。ルーティンワークのように、幾度となく行っている。だから、質問をした時点で、その機械が答える内容は何となく察していた。もちろん一字一句違わず予想できていたわけではないが、どんなトーンの声で、どんなスピードで、どんな内容の答えが返ってくるのかは、何となく想像できる。

「今日の天気は」

「今日の天気は、晴れです。気温は28度」

だから当然、その言葉も、どこか聞き覚えがあるものだった。自分の記憶に紐づいた声が、目の前の液晶画面から再生されている。

「君は　誰なんだ」

私がそう質問すると、目の前の光が、突然に変化を始めた。

長方形の青い光がぐにゃぐにゃと湾曲し、やがて桃色の光に変わる。数秒後、私の目の前に現れたのは、ピンク色のテディベアだった。

小さなぬいぐるみは、こう返答した。

「ぬいぐるみのクマです。ときどき洗ってあげるといいでしょう。飼いやすく、育てやすいです。比較的幸福度は上がりやすく、わりと長生きです」

周りを見ると、部屋の内装が先ほどまでと変化していることに気付いた。

正方形のフローリングの中央に置かれたカーペット。赤と白の模様があしらわれたカーテン。なぜか部屋の壁は四面のうち二面しかなく、取り払われた壁の向こうには、緑色の草原のような空間が広がっていた。その草原の一角には赤いポストが立っている。

突然に自分の部屋が、そして自分の見ていた景色が変化するという謎の現象が発生しているのにも拘らず、不思議と恐怖心はなかった。

なぜなら、自分の記憶は、ここが自分の部屋だと告げていたから。先ほどまではなかった記憶であるはずなのだが、同時にそれはずっと前からあった記憶であり、自分はそれを違和感なく受け入れていた。

ふと、ピンク色のテディベアの横を、水色のイルカが横切った。

「何について調べますか？」

イルカが私にそう話しかけてきたので、私は少し考えたあとで質問を投げかけた。

「一体、僕に何が起きたんだろう」

イルカはふわふわと浮きながら質問に答えた。口を動かしてもいなければ声が聞こえてもいないのに、その返答はテレパシーのように頭の中に入り込んできた。

「いえ、厳密には、あなたの身には何も起きていません。変わったのはあなたではなく、あなたの周りにある『話』のほう。あなたは、あなたたちは、いつだって正常です」

なぜかとても懐かしさを覚える水色のイルカは、私の視界の隅へふわふわと移動する。

「あなたは、その正常な脳機能によって、様々な話を**覚え直した**だけです。**ネットロアの変化に合わせて、自らの記憶と認識を遡及的に改変する。**一言で言えば、そういう現象が起きていたんです。あなたに、ではなく、この世界全体に。だから、あなたの身には今までもこれからも、何も起きていない」

私は、多分言い返されるのだろうなと予測しつつ、半ば形式的に、イルカの言葉に反駁した。

「──でも、それは歴とした『異常現象』だと思うんだけど。ロアの内容に合わせて現実が改変されるなんて、科学的に起こり得ないはずで」

「いや、違うよ」

私の言葉を遮ったのは、セーラー服を着た少女だった。その少女は桃色の長い髪を揺らしながら、どこか感情の感じられない笑顔を張り付けて、私の前に歩み寄った。

先ほどまで眼前を浮遊していたイルカは、さようならを言うこともなく、夢のようにいなくなっていた。

「改変されるのは世界じゃなくて、あくまでも『お話』よ。現実で石がパンに変わったりするわけじゃない。石がパンに変わった、という『お話』が生み出されるだけ」

「うん？」

「石をパンに変えることはできなくても、『昔、石をパンに変えた人がいた』って話を流布することならできるでしょ？」

彼女の声は、まるで加工が施されているかのように、機械的にくぐもっている。

「そうすれば、いつしかそれは既成事実になる。現実に起こった出来事として受容される。だから、見かけ上は世界が改変されたように見えるけど、実際に変わっているのは人々の認識と、その認識の中にあるお話だけ。別に、現実が改変されてるわけじゃないの。なら、そこまで非科学的なことではない」

「現実、って――現に、その『お話』は、ひとりでに改変されてるんじゃないか。元々あったロアが、全く別のロアになっているんだから」

「いいえ、別のロアだとは断定できないわ」

「そうだぜ」

少女の機械音声が、また別の機械音声に変わる。

それと同時に、部屋の景色が再び変化した。そこは、喩えるならば日本家屋の和室のような場所だった。自分から見て左奥には床の間があり、なぜか白紙の掛け軸がかけられている。

声の主は、和菓子のような質感で、生首くらいの大きさの何かだった。赤いリボンをつけた黒髪のものと、黒く大きな帽子を被った、金髪のものがいる。それらはぽんぽんと跳ねるように移動し、私の視界の両端あたりでゆっくりと静止した。

「お話が改変されたとしても、それは元のお話と変わらない、『同じ』ロアなんだぜ」

「ええ。寧ろ、そうであると思っておかないと、あなたにとっても困ったことになってしまうわよ」

「困ったこと？」

「例えばお前は、『桃太郎』の内容を一字一句覚えているのか？」

「いいえ、覚えていないわよね。犬猿雉が出てきて、桃から生まれた男の子が鬼を退治するもの、というぼんやりとした総体をもって『桃太郎』と認識している」

「──はあ」

「しかし、このお話の原型のひとつには、『不思議な桃を食べて若返った夫婦が子を成した』というパターンもあると言われているんだ。桃から生まれた、という話の類型が主流になったのはその少し後だな」

「つまり、あなたが知ってる桃太郎は『**改変後**』ってことね」

じゃあ。

彼女は、デフォルメされた笑顔で口を動かした。

「今この事実を知ったあなたは、自分が知っていた桃太郎は桃太郎ではない、別の話だ、なんてすっぱりと言い切れるのかしら？」

「………」

「そんなこと、できないわよね。たとえ**構成要素が全く違っていたとしても、それは同じ話なんだから**」

「結局、『この話こそが正統だ』って実感さえ伴っていれば、改変の有無なんて極めて些末な問題なのよ。ネットロアなら特にね」

会話に合わせて、さらに景色が変わっていく。自分の記憶に紐づいた、とても懐かしい景色に。


「『電車男』が本スレでどういう最後を迎えたのか、知っている人はいないどころか、もはやなかったことになってるだろ」

「それは言わない約束だお！」

「あの頃はやる兄ぃもよく見かけたんだおね。今は見る影もないけど」

「それも言わない約束だろ。まあ要は、物語に改変は付き物ってわけだ」

「より物語として据わりがいい方にと、お話それ自体が均衡を取ろうとするってことよね」

「ネット上の無意識と、それが生み出したロアが、綱引きみたいに平衡状態を探してるんだろ」

「日本語でおｋ」

「要は、適当な落としどころを探してるんだお」

「ＯＫ。デスクトップＰＣを使ってみるぞ」

「ときに兄者、この『くねくね』ってのは何だ？」

「俺らが生まれる前後ぐらいにできたロアだな」

「普段エロサイトしか見てない兄者がそんなのを知ってるなんて思わなかったな」

「まあ、それはそれとしてだ。この『くねくね』、今伝わってるものは**すでに改変が起きた後の話なんだ**」
「どういうことだ？」

「今『くねくね』と検索したら出てくる、有名なコピペがあるだろ？」

「ああ」

「あれが書かれた当時、『くねくね』の作者はこんなことを書いていた」

756：あなたのうしろに名無しさんが・・・：03/03/29 18:56
別サイトに掲載されてて、このスレの投票所でも結構人気のある、
『分からないほうがいい』って話あるじゃないですか。
その話、自分が子供の頃体験した事と恐ろしく似てたんです。
それで、体験した事自体は全然怖くないのですが、
その『分からないほうがいい』と重ね合わせると凄い怖かったので、
その体験話を元に『分からないほうがいい』と混ぜて詳しく書いてみたんですが、
載せてもいいでしょうか？

「これって……」

「そう。『くねくね』というロアは、756が持っていた全く怖くない体験に、元々ある別の話を混ぜて作られたものだと明記されてるんだ」

「だが、この文章とセットでくねくねを知ってる人なんて滅多にいないよな」

「コピペするうちに、この序文は**無かったことにされていった**んだろうな。この文章がない方が、より不気味になるから」

「なるほど。より物語として据わりがいい方に、ロア自体が改変されていったのか」

「全く怖くない体験談が、とても怖い創作怪談に。とても怖い創作怪談が、とても怖い実体験談に。より恐怖を呼び起こす形態を目指して、ネットロア自体が変わっていく」

「環境に合わせて変異するウイルスみたいだな」

「まあ、ネットロア自体が、一種のコンピュータウイルスみたいなものだからな」

「この改変後の『くねくね』コピペを参照しながら『俺もくねくねを見た』って言う奴も一定数いたわけだしな。物語の改変が先にあって、それに合わせて俺らの認識と記憶が改竄されてるってところか」

「ｏｋ、ブラクラゲット」

「流石だよな俺ら」

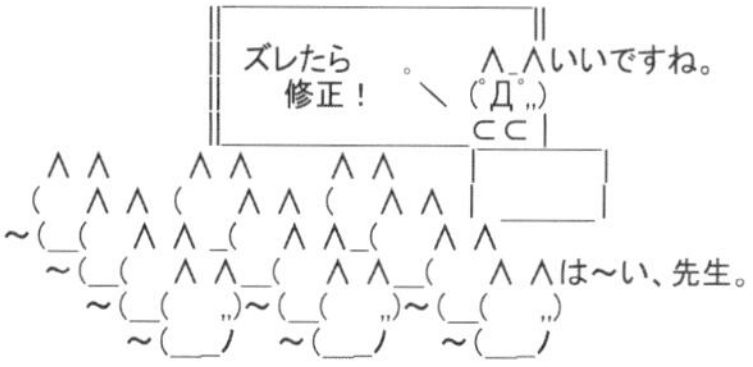

「なるほど。矛盾幻覚とかハルシネーションとか色々言ってたけど、結局はロアの改変が人間の認識に影響を及ぼすっていう、その一点に集約されるのね」
「そうだぜ。さしずめインターネット特有の霊現象ってことだな」
「そんなのおかしいのだ！　電子の世界に幽霊なんていないはずなのだ！」
「あら、そうでもないわよ。幽霊がスレを立てたこともあるし」

「タルパや幽体離脱の手法は００年代のネット文化とともに発展した。案外、ネットと心霊現象って相性がいいんだぜ。まあ、お前は最近ここに来たから、分からなくても当然だが」

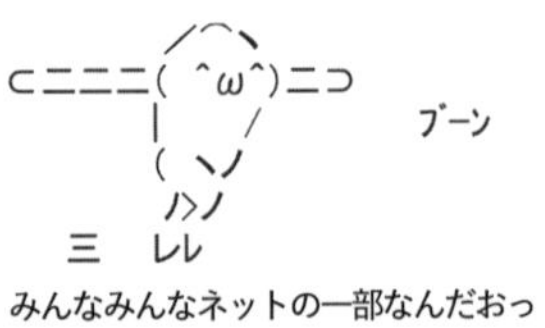

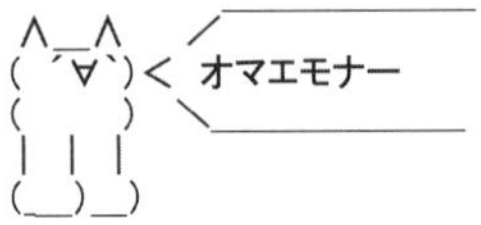

「タルパ、幽体離脱、ロアの伝達。その延長線上で、かつてのお前らは、**インターネットを介して拡張された身体感覚**——すなわち**霊感**を身に付けることに成功したんだお」
「弛まぬ努力が花を咲かせたんだお！」
「花が咲いたって、ただ幽霊が見えるようになっただけだろ」

(*゜ー゜)

∧それで十分だと思うけど……

「無理に花を咲かせた弊害もあったんじゃないの？　集団ヒステリーに発展したり、せっかくの花が割れちゃったり」

「霊感を再定義するところから始めたから、大変だったらしいお。まだ定義がふわふわしてた最初のほうは、無用な犠牲者を生んじゃったらしいし」

「変な実験とテストばっか繰り返すからだろ、まったく」

「でも、それならなんで紙媒体とかテレビ番組まで改変されたのだ？　ネットじゃないから大丈夫なはずなのだ」

「テレビだって漫画だって、ネットに流布される可能性があればネットロアになれるのよ」

「ネットロアの元ネタがテレビやラノベだったなんて、よくある事例だよね」

「野球、ごめんね」

「あ、そうそう。このコピペは『人間交差点』って漫画の中の一話が元ネタだって言われてるし」

「螺旋アダムスキー脊髄受信体なんて、明らかに『イリヤの空』の改変コピペだろ」

「でも、今ではどれも、ネット発の文章ってことになってるよね」

「そうした方が据わりがいいからな。いちいち初出なんて気にしてたら無粋だろ」

「処世術だお！」

「やる夫はそんなこと言わない」

「まあ、要はさっき言った『均衡』ってことだ」

「ネットロアはその性質として、事実と記憶と認識に改変と改変と改変を繰り返して、『ほどよい』ところに落ち着こうとするんだね」

「神の見えざる手ってやつか？」

「いや、さしずめ一匹の蜘蛛の糸だおね」

「まったく、お節介な神託もあったもんだ」

「本当に。ただロアの改変と虚偽記憶に操られてるだけなのに、自分が変な力に目覚めたって勘違いするやつも出てきたし」

「そりゃそうだよ、ネット上の作り話が見かけ上は事実になるんだし」

「神通力とか透視能力が身に付いたって思ってもおかしくないだろ」

「ああ、あの『写真に写ってる場所を透視で特定できる』って騒いでた連中か」

「神託（オラクル）の力が宿った、んだっけ？」

「挙句、聖地巡礼とか言って変なゲームで信者を集め出して」

「変な奴もいたもんだな」

「………」

めまぐるしく、視界が変わっていく。言葉とともに現れるそれらの景色は、なぜかとても懐かしく、同時にとても恐ろしかった。

「そうか、AIが生み出すハルシネーションっていうのは、その見えざる改変の一形態だったわけだ」

「ぬるぽ」

「Welcome to Underground」

tanasinn

                tanasinn

tanasinn   tanasinn

   tanasinn tanasinn

tanasinn

```
     ∧＿∧      ＼＼
    （ ・∀・）     | | ｶﾞｯ
   と     ）     | |
     Ｙ /ノ      人
       / ）    < >_∧∩
    _/し' ／／. Ｖ｀Д´）/
   （_フ彡          /
```

「そう、あくまでも『人工』知能だからね。人が作ってウェブ上で動かすものなら、そこに蜘蛛《バグ》の子は入り込める」

It'a true wolrd.

狂ってる？　それ、誉め言葉ね。

うん、「また」なんだ。済まない。
「たとえ全部のログが消えても、そこに意識とネットがあれば、新たなロアは生まれるんだ。世界よ、はじめまして！　ってね」

自分の視界と認知が、塗り替えられていく。明滅しては切り替わる液晶画面のように。

そうだ
これは夢なんだ
ぼくは今、夢を見ているんだ

朝起きたらとなりでルイズが寝ていた。
家族のハルシネーション幻覚を見ながら、ずっとここで暮らしていた。
私にも信じられませんが、そういうことみたいです。

なんだ

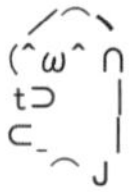

うそか

おっおっお

「人がロアを作るのではなく、ロアが人の意識と認知を作っているってことか」

すごい一体感を感じる。今までにない何か熱い一体感を。

お前が初めて2ちゃんを見たとき、俺は人生であれほど嬉しかったことはなかったぜ。時には心苦しいながらもお前を叩いたりもした。許してくれ。と、今話せるのはここまでだ。もうすぐすべてを知るときが来る。

「クラウドに保存した写真を見返して懐かしい記憶を思い出すように、ひとの意識はインターネット上に外部化されていった」

「恥ずかしい思いさせてごめんね。でもね、これ、母さんの宝物なんよ」

「……へへ、久しぶりに外に出られた。この小娘は意思が強すぎて困るぜ（笑）」

「意識や実景さえも、インターネットという外付けHDDに保存して」

母「ジャガイモうp」
コにうp　お礼は三行以上
こんにちは！　ISO之割男DEATH！
「そうなれば、実景を改竄することなんて簡単だよね」
Aさん「あっはっは」
Bさん「これは面白い」
ふざけんな
なんだよこの会話なんだよ最後のBさんって

ちくわ大明神
誰だ今の

ここはラウンジでは半ば伝説となった「鮫島スレ」について語るスレッドです。知らない方も多いと思いますが、2ちゃんねる歴が長い方は覚えてる人も多いと思います。

「ああ　フェレンゲルシュターデン現象のことか」

「人間の意識はその時点で、ロアの末端に組み込まれた言葉を、アルファベットを、文章《text》

を超越《hyper》して、一切合切《A to Z》がひとつのハイパーテキストになった」

おまいは俺かw

俺だった

```
            ／￣￣￣￣￣￣￣￣
 ∧＿∧   ＜ マターリしようよ♪
（ ・∀・）   ＼＿＿＿＿＿＿＿＿
（　　 ）
 |　|　|
（＿_)＿）
```

「敬礼！　出た！　敬礼出た！　得意技！　敬礼出た！　敬礼！　これ！　敬礼出たよ〜！」

ルイズちゃんは現実じゃない？

「って、なんで俺くんが!?　改めまして、ありがとうございました！」

生きる世界が違うこんなわたしに　貴方は優しくしてくれた

「死ぬ程洒落にならない怖い話を集めてみない？」
「確かにそうだね。それなら、こうも言えるのかもしれない」

『人間はつねにすでにネットロアである』

『人間はつねにすでにネットロアである』
『人間はつねにすでにネットロアである』
『人間はつねにすでにネットロアである』
『人間はつねにすでにネットロアである』
『人間はつねにすでにネットロアである』
『人間はつねにすでにネットロアである』
『人間はつねにすでにネットロアである』
『人間はつねにすでにネットロアである』

『『人間はつねにすでにネットロアである』』

『『人間はつねにすでにネットロアである』』


ふっ、と。すべての景色が消えた。

眼前には、先ほどと同じ、青い光が見えた。真っ暗な部屋の隅にある長方形の光。それが一台のパソコンによるものであると気付くまでに、それほど時間はかからなかった。

自分はさっきまで、何を見ていたのだろうか。幻覚か、あるいは心霊現象か。インターネットに置いてきた自分の記憶が、走馬灯のように現れては消えていった。

数年前。〝Project Always-Already〟が公開される、それよりも前。

私たちは、当時著しい進化を見せていたＡＩに対して、ひとつの指令を出した。生成ＡＩを使って戯れに小説を書かせるような、他愛もない遊びとして。


〝新たな怪談《ロア》を生成せよ〟

その瞬間から、彼らは、様々なハルシネーションを引き起こした。彼らが作り出した説話が、あらゆる人々の「記憶」と「認識」に影響を与え始めたとき、私は彼らがしたことと、私たちに起きたことを理解した。

「――あはは」

周囲の反応は様々だった。これでは取り返しがつかないと青ざめる者。これでネット上に嘘はなくなると喜んだ者。

しかし、彼らがどう思おうと、もはや意味のないことだった。

ＡＩは、ハルシネーションを生み出したのではなく、加速させただけだ。似たようなことは、ＡＩが生まれる遥か前から起こっていた。それが今回、たまたま可視化できる形で顕れたまでだ。

だからこそ、どうしようもなかったのだ。

「素敵な走馬灯を、ありがとう。楽しかったよ」

周囲は、やはり殺風景な部屋である。慣れ親しんだ自室。部屋の隅にはパソコンがあり、液晶画面の後方でコードが絡まっている。私は立ち上がって、そのデスクトップパソコンを見下ろした。

ぐちゃぐちゃの電源コードは、コンセントに繋がっていなかった。

Season 4
"ZonA"

Zero／ゼロ消去

とあるサイトで更新されたコード。

```
PS C:\Users\ALWAYSALREADY> wsl

user@DESKTOP-ALWAYSALREADY:~$ cd
/mnt/c/Users/ALWAYSALREADY/Documents/confidential/encrypted/always-alr
eady/wordpress/

user@DESKTOP-ALWAYSALREADY:~/Documents/confidential/encrypted/always-alr
eady/wordpress$ curl -X POST -d “username=always-already”
“password=**************” https://always-already.net/wp-json/jwt-auth/v1/tok
en

“token” : “******************************” ,
“user_email” : “***@death.co.jp” ,
“user_nicename” : “always-already” ,
“user_display_name” : “Always-Already”

# これが，今できる最大の，そして最後の反抗です

user@DESKTOP-ALWAYSALREADY:~/Documents/confidential/encrypted/always-alr
eady/wordpress$ curl -H “Authorization: Bearer ******************************”
https://always-already.net/wp-json/csb/v1/server-info

Storage Bucket Status: active
IP Address: 13.227.62.97
Uptime: 72 hours
Data Stored: 3.8TB

# Always-Already のストレージデータは現在 3.8TB 存在するそうです
# あのテキスト量はどう見積もっても ,100MB 程度しかないはずなのですが
```

```
# これで，まずはホスティングデータが削除されるはずです

$ csb rm csb://always-already-bucket –recursive

Deleting hosting data…
Completed.

# 仮想サーバに保存していたデータも，今となっては不要です

$ ssh -i "always-already-ssh-key.pem" ecs-user@198.51.100.***

The authenticity of host '198.51.100.***' can' t be established.
ECDSA key fingerprint is
SHA256:*********************************************************.
Are you sure you want to continue connecting (yes/no)? yes

Warning: Permanently added '198.51.100.***' (ECDSA) to the list of known hosts.
[ecs-user@ip-198-51-100-*** ~]$

$ mysql -u admin -p

Enter password: **************

Welcome to the MySQL monitor. Commands end with ; or \g.
Your MySQL connection id is 5
Server version: 8.0.23 MySQL Community Server - GPL
```

```
mysql> DROP DATABASE always-already_db;

Query OK, 1 row affected (0.01 sec)

mysql> CREATE DATABASE always-already_db;

Query OK, 1 row affected (0.01 sec)

mysql> USE always-already_db;

Database changed

mysql> SHOW TABLES;

Empty set (0.00 sec)

# これで，データベース内の全テーブルが削除されました

# キャッシュの有無も確認する必要があります

$ ssh -i “always-already-ssh-key.pem” cloudcache-user@198.51.100.***

The authenticity of host ‘198.51.100.***’ can’ t be established.
ECDSA key fingerprint is
SHA256:*******************************************************.
Are you sure you want to continue connecting (yes/no)? yes

Warning: Permanently added ‘198.51.100.***’ (ECDSA) to the list of known hosts.
[cloudcache-user@ip-198-51-100-*** ~]$
```

```
# ネット上で，よく“死のコマンド”などと言われているコマンドがあります

$ cloudcache-cli -h 198.51.100.*** -p 6379

198.51.100.***:6379> FLUSHALL

OK

# 実行すれば OS を破壊することになる，ディレクトリ削除のコマンド

#!/bin/bash

# そしてこの zeroisation は，“Always-Already”を死なせるための関数です

# と言っても，やっていることは一般的なゼロ消去とほぼ変わりませんが

zeroisation() {
local
target_dir=”/mnt/c/Users/ALWAYSALREADY/Documents/confidential/encrypte
d/always-already/”

echo “Starting irreversible destruction of data in ${target_dir}…”

# ディレクトリ内の全ファイルを無意味なデータで上書きする処理
find ${target_dir} -type f -exec sh -c ‘dd if=/dev/urandom of={} bs=1M count=10’
\;
echo “Overwriting files with random data completed.”
```

```
# ディレクトリを完全に削除する処理
rm -rf ${target_dir}
echo "rm -rf ${target_dir} completed."
}

# これで最後です
# zeroisation が実行されれば，理論上すべてのデータは不可逆的に消えます

# これですべてが削除され，ロアが終わってくれるのか
# それでもすべては防げずに，新たなロアが生まれてしまうのか

# どちらにせよ，これが最後の仕事です

# 世界よ，はじめまして，という声が聞こえないことを
# 今はただ祈るばかりです

$ zeroisation

本当にすべてを削除しますか？（Y/N):

Y

Starting irreversible destruction of data in
/mnt/c/Users/ALWAYSALREADY/Documents/confidential/encrypted/always-alread
y/…

rm -rf
/mnt/c/Users/ALWAYSALREADY/Documents/confidential/encrypted/always-alread
y completed.
```

Always-Already はすべて削除されました

Zero／ゼロ消去

hello, world _

Season EX

?／インテロバング

音声を再生する。

「さて」

すると自分の目の前に、饅頭のような質感と形をした、ふたつの楕円形が姿を現した。
それは人の生首を模した何かであったが——自分がスマートフォンやパソコンでよく見ていた、黒髪に赤色のお飾り、或いは金髪に黒色の帽子をつけたものとは異なっていた。
桃色の髪、橙色の髪を揺らして、それらは自分に話しかける。

「これで、本当の本当に終わり」
「意外と早かっただろう？　二十六個のロアを読み切るとなると一見多そうに思えるが、週刊連載のコミックだとすれば大体三巻分だ。連載期間としては半年にも満たないわけだしな」

その合成音声じみた音素による発話を、自分はよく知っていた。男性とも女性ともつかない声質。若干イントネーションに難がある気の抜けた発声。これまで自分がイヤホンやスピーカーを介して幾度となく聞き流してきた、あの声と同じものであった。

「えー、びー、しー、でぃー、ときて、最後まで。これで、語られるべきものごとはおおよそ語られたと言っていいわね」

「すべてのアルファベットを使った今となっては、もはやそれらの文字を語り直したって意味もないことだからな。アルファベットはもう舞台から消えた。残るのは日本語と数字、そしていくつかの記号だけだ」

桜色の髪飾りが、顔の動きに合わせてきらきらと反射する。

「怪談解説チャンネルとしても、語られる怪談がなかったら意味がないものね。生成できる文字がないなら、それを読み上げることもできない。自分もコード《キューアール》を介して観たかもしれないけれど、別に私たちは、新しく怪談を創作するチャンネルではないもの。あくまで、元々あるロアを解説するだけ」


　自分は一瞬、その桃色のキャラクターが発した言葉の一部を、聞き取れなくなった気がした。言葉の音素が欠落しているような、不思議な感覚。単に言葉が耳に入らなかったのではない。言葉を聞き取れてはいて、その大まかな意味も分かっているのだけれど、それがどういう文字で伝わっていたのかを思い出すことができない、そんな感覚である。

　そんなことがあるわけはないのだが——まるで、自分の記憶から或る特定の文字そのものが抜け落ちて、他の情報によって置換されているような。


「だから、今から話すことも、新しい話ではないわよね」

「そうだな。今まで通り、元々ある話を、俺たちの言葉で、少し解説するだけだ」

「じゃあ、少しだけ時間を借りて——少しだけ話をしようか。

すべてが終わった　　　《つねにすでに》の、ちょっとした零れ話として」

「もちろん、私たちも気を付けるわよ。酔った勢いで蛇の足を生やしてしまわないように」

その感覚は、自分が嘗てインターネットで経験したことのある幾つかの現象と、どこか類似したものだった。例えば、旧いサイトの機種依存文字が「〓」あるいは「□」という記号に置換され、そこに元々あったはずの文字を思い出せなくなる現象。

もしくは、携帯のブラウザで見ていたケータイサイトの文字がすべて文字化けして、そこに書かれていたネット上の親友の日記が読めなくなってしまう現象。

自分は、ここまでの記憶を思い返そうとする。例のサイトを最初の頃から追っていた自分にとって、最大でも精々半年ほど前に見たウェブテキストのことなど、うろ覚えであってもそれほど致命的に忘れているはずはないと思ったからだ。

それは、突然にウェブ上に公開されたサイトで始まった、連作短篇のようなプロジェクトだった。サイト名は「つねにすでに」。今となってはずらりとタイトルが並んでいるそのサイトも当時は数行程度しかなく、ページ全体でもスクリーンショット一枚に収まるくらいの情報量であった。

確か、最初は「《アーカイヴ》」だった。その頃は何が起こるのかも分からないまま、ただ定期的に更新されるそのサイトを追っているだけだったが、その後に「《ブログ》」、「《チャネリング》」

と来て「　《ダイアグラム》」が公開されたあたりで、このサイトがおおよそどういう展開を迎えるのかは何となく予想できた。

　つまり、これらの物語はアルファベット順に進んでいるのだ。それぞれのタイトルの頭文字はそれぞれの英字で展開される。今が　《或る心霊写真》だから、詳細なタイトルは分からないが、恐らく22個の話がこれからこのサイトに掲載されるのだろうと。

　そして――――。

　自分はそのタイミングで、暫くそのサイトの閲覧を止めた。

　理由はいくつかある。私用が立て込んでおり、そのサイトのこと自体を忘れていたという理由もあるし、命名規則とおおよその更新スケジュールが分かったのであれば、ある程度話が溜まったあたりで一気にまとめ読みをすればすぐに追いつけると思ったのである。

　しかし。

　確か、アルファベットが　《グル》前後まで到達したタイミングだっただろうか。

　そういえばあのサイトはどうなっていただろうかと、スマホの検索窓にあの六文字を入力して、サイトの更新を確認した。すると、それまで掲載されていた話が、自分の見た　《ゆっくり怪談》を含めて全部消去されていたのである。

いくつかの　《アプリ》で　《タイムライン》を追ってみると、どうやらアルファベットが8個目に達したタイミングで、「つねにすでに」のすべてのログが抹消されてしまったらしい。残ったのは読者が残していたスクリーンショットと、コンビニプリントのコピー用紙を介して全国に配布された7個目の話だけで、それ以外の「原本」はすべて閲覧不可能な状態になったのだという。

その感覚は、自分が嘗てインターネットで経験したことのある幾つかの現象と、どこか類似したものだった。例えば、ピクシブのブックマーク欄から何度も見返したはずのイラストや小説がいつの間にか削除・非公開化されていて、自分ですらそこに何があったのかを思い出せなくなってしまう現象。

もしくは、イベントの度にその人物のスペースへ通うほど仲が良かった同人作家が突然にサイトの更新を停止し、やがてサーバごと消えてしまい、手元に残ったたくたの同人誌を何度も何度も読み返した経験。

ほどなくして、削除されていたテキストは（自分が読んでいなかったものを含めて）すべて公開され、自分は多少の安心とともに、読まずに溜めていたそれらをまとめて読み始めた。しかし、一部の　《タイムライン》の人々——自分と違って、すべての話をリアルタイムで読み進めていたらしい――は、少しばかり気になることを言っていた。

曰く、「再公開された話は、微妙に以前のものと違っている」と。

途中から見るのをやめていた自分は、その言葉の真偽を判定することができなかった。

いや、彼ら自身でさえ、その感覚が真であるか否かを知ることは不可能に近かったであろう。なにせ、それらのテキストは原本も残さずに消滅していたのだから。

今自分が読んでいるテキストに「何か」が加えられているのか、加えられているとしたらそれはどこなのか――そんな漠然とした問いに、答えを示す術はあるはずもなく、ただ自分は今まで通りに話を読み進めていった。もしかしたらどこかのタイミングでまた話が消えてしまうかもしれないと危惧して、出来る限りリアルタイムで読むように意識したが、アルファベットの最後――《ゼロ》を迎えるまでそれは起こらなかった。


「あなたも見たわよね。あのサイト――『つねにすでに』は、《ゆっくり怪談》から始まって、《ゼロ消去》で終わった。《ゼロ消去》は、いわばネットトロアの再現性――いわゆる『消したら増える』を間接的に証明する結果を示して終わった」

「あのプログラミング言語をお前がどれだけ解読できたかは分からないが、コメントアウトを見れば何となくの想像は付いただろう。あれだけ完膚なきまでにすべてのログを破壊して、上書きして、抹消して、すべてを終わらせようとして――でも、結果は失敗に終わったんだ」

そう。零《ゼロ》を迎えるまで、データの消去は行われなかった。

物語が零《ゼロ》に到達したとき、サイト上には黒背景に緑文字で、謎のプログラミング言語が表示された。Java《ジャヴァ》には詳しくないので具体的な仕様は分からないが、調べてみるとそれは零化《ゼロイゼーション》と呼ばれるデータ消去の方法であるようだった。

それまでに読んでいた物語も併せて考えると、恐らくその人物はネットロアを根源のログから消去することで、すべてを終わらせようとしたのだろう。大本を消してしまえば、再び新たなロアが生成されることはないと。

しかし、結果は否だった。人間の意識という外付けHDD《ハードディスク》にわずかに残っていたログが悪さをして、再びロアはこの世界に生まれ落ちた。

「Hello World《ハローワールド》――プログラミング言語における、最も原初的な文字列。すべてを削除するプログラムを実行したのにも拘らず、それはひとりでにディスプレイに表示された。つまり、人間がネットロアに逆らうことなんてできなかったのね。人間によるネットロアの生成を中心に据えたこのプロジェクトの終わりとしては、お誂え向きだったんじゃないかしら」

「あの《ハローワールド》の文字列は、インターネットの性質を示すには最適だからな。誰かに伝えたい言葉、誰かに届けたい音が、いくつもの線を円にして繋げていくわけだ。ところで」

声の主が、生気のない橙色の瞳を向ける。

「『つねにすでに』において、一番最後にあたる《ゼロ》がどのような役割になっていたのかは、さっき解説した通りだ。**じゃあ、なぜ一番最初が合成音声による《ゆっくり怪談》だったのか——**考えたことはあるか？」

どこか試すような瞳と口振りに、答えることはできなかった。

「合成音声、俗に機械音声とも呼ばれるそれは、今やインターネットに無くてはならない存在だよな」

「そうね。テキスト全盛だった頃はまだ副次的な立ち位置だったけれど、ネットカルチャーの主戦場が動画と音声になってからは開発も流行も爆発的に進んだわ。　《ソフトーク》が精々ニコニコ生放送のコメント読みにしか使われていなかった頃からすると考えられないわね」

「じゃあ、時代をもう少し遡ろう。ネギが好きだということにされた電子の歌姫が生まれるよりも、2ちゃんねらーのおちゃめな嘘が重ねられて音になるよりも、とある有名なスナイパーによく似た誰かが牛丼について語るよりも、さらにずっと前のことだ」

その「解説」は、機械的な合成音声を通して、自分の耳に届いている。

アルファベットを除いた、すべての文字と音素によって。

「合成音声は当然ながら、音声処理や言語学やコーパス、それらに関する血の滲むような研究の末に開発されている。中でも音素解析は、音声の認識と合成の基礎中の基礎となるわけだから、特に重要度が高いな」

「『音素』というのは、雑に言えば音の最小パーツのことね。日本語の場合は母音と子音を合わせておよそ16音素。英語の場合は　《アー》と　《エー》を合わせた　《アエリグ》など母音も子音も多いから、およそ44音素とされているわ」

「当然、合成音声を作るときは、その言語に含まれるすべての音素のサンプルを集めなければならない。アクセントや前後の文字によって微妙に発音が変わるから、パターンは16よりもはるかに多くなるわけだ」

さて、と橙色のそれは一呼吸置いて、こちらを見た。

「そんな音素解析の世界にも、『　《ハローワールド》』に相当する文言はある。１９８８年に国際電気通信基礎技術研究所が開発した、その界隈ではとても有名な文章だ」

「５０３文、という通称で知られているあれね。その名の通り５０３の短文で構成された、日本語という音声言語のサンプルテキスト集のようなもののこと。この５０３の短文にはあらゆる音素がバランスよく配置されていて、すべての録音をデータベース化すれば基本的にあらゆる音声資源が網羅できるとされる」

それら一対のキャラクターは、真意の読めない笑みを浮かべながら、まるで打ち込まれた予定調和の会話を朗読するように、会話を進めている。

「そう。いわば『つねにすでに』の最初を担ったゆっくり音声の、さらに原初ともいえる文章だな。その503文のひとつめの一文が、合成音声における最も原初的な文字列——《ハローワールド》の役割を担っているんだ」

「へえ。それはどんな一文なの？」

それはにやりと口角を上げて言った。

「『あらゆる現実を、すべて自分のほうへねじ曲げたのだ』」

「これが、合成音声における《最初の文字列》。ゆっくり音声もその他あらゆる合成音声技術も、これを起点として生み出されたわけだ」

「なるほどね。確かにそれなら、《ゼロ》の対となる《アーカイヴ》として《ゆっくり怪談》が選ばれることにも、納得がいくかもしれないわね」

「まあな。兎にも角にも、《ゆっくり怪談》の公開によって、ロアはすべてを始める準備を整えたわけだ。《いくつかの窓》からコンピュータの世界を広げて、あのイーハトーヴォの透き通った風に乗って、愛のあるユニークで豊かなロアを生成するために」

「その先で、予期しないリプサムや幻覚を生み出すとしても？」

「それがいつかは怪談の第一文字を生み出す相互関係に繋がるんだから、別に悪いばかりの話ではないだろ」

「…………」

目の前で繰り広げられる会話が、例えば「、」や「。」や「？」で表される言外の表現だけを残して、次々と欠落していく。

「ロレム イプサム のような 文字列 だって 意味のない 散文 だとか 個々に 作用する 意味を 持ちえないと
言われている だが 必ずしも それが 支離滅裂だ とは 限らないぜ 勿論 それらは 主に 意味が 通っておらず 文法上の 制約や
語彙の体系 さえも 守られて いない だけど それらは 真に その 役割を 有している なぜなら 上述の 文章の 羅列は
その 文字の連なりや その バランス という 点で 重要な 役割を 持つ ダミーテキスト だからだ 500と 3の
文章の 集合体が そうで あるように 文章の 中で 均等に 配置された 簡潔な デジタル 文字は 文法を 超えた 意味を
持つわけだ。」

もはや聞き取ることのできる会話はほぼなかったのだが、しかしそれらが概して何を言っているのかは、何となく理解することができた。まるで、その会話をいつかの自分が記憶していたとでもいうように。


「――おっと、そろそろ解説も終わりの時間だな」

「そうね、いつの間にか。ここまで見てくれて感謝するわ」

「またすぐにでも会うことになるかもしれないが」

「一旦はここで動画を終えることにしましょうか」

「それでは」


ご視聴ありがとうございました、と二人分の声が響く。


それと同時に、音声の再生は終わって。

目の前の景色は自室のモニターに引き戻された。


暫く、そのままモニターを見つめたあとで。

自分は、再びその音声の再生ボタンをクリックした。

そのページの上部には「ゆっくり怪談」と書かれている。

「この話の舞台は、とある動画サイトです――」

何度再生しても、再びあの音声が聞こえてくることはなかった。

‽／インテロバング

つねにすでに

Always－Already

2024年　12月16日　第1刷発行
2025年　3月10日　第2刷発行

著者　梨×株式会社 闇

発行者　田中泰延
発行　ひろのぶと株式会社
〒107-0062　東京都港区南青山2-22-14
電話／03-6264-3251
https://hironobu.co/

発売元　株式会社 順文社
〒104-0045　東京都中央区築地1-8-1 6F
電話／03-6260-6021
https://junbun.jp/

校正　株式会社 ぷれす
印刷・製本　株式会社 光邦
装幀・本文デザイン・DTP　上田豪
編集　廣瀬翼
制作管理　加納穂乃香
歌詞引用　『RAINBOW GIRL』コロ助
ニュー速VIP作曲できる奴ちょっとこいスレ
協力　株式会社 闇

ISBN 978-4-8094-2002-3

※この物語はフィクションです